神も仏もありませぬ

佐野洋子

筑摩書房

目次

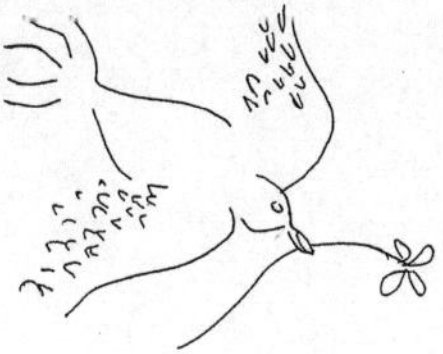

本文挿画　著者

神も仏もありませぬ

これはペテンか？

八十八歳の痴呆の人が聞く。「あの失礼ですけどお幾つでいらっしゃいますか」。痴呆でも「失礼ですけど」と云うんだと感心しながら「はい、六十三ですよ」と答える。答えても無駄なんだよなあと思ったとたん「あの失礼ですけどお幾つでいらっしゃいますか」「六十三です」「あーあー六十三、そうですか、あの失礼ですけどお幾つ？」。自分で何回も「六十三」「六十三」と発音するのにくたびれて「お母さん。わたしゃ六十三だよう」とすごんだ声になる。何回も同じことをくり返すのにいらつきもするが、自分が六十三という事にだんだん驚いて来る。

まさか私が六十三？ 当り前で何の不思議もないのに、どこかに、えっまさか嘘だよなあと思うのが不思議である。「お母さんはおいくつになられました？」「私、えっ私、そうねェー四歳ぐらいかしら」。昨日入れ歯が神かくしにあった様に消えてしまった。上の入れ歯を外した人は皆異様な人相になる。上唇が下唇にめり込まれて、口の中心であったらしい凹んだところから強いしわが放射線状に散っている。おしりの穴みたい。

ついに四歳!!

いつか四十二歳と答えられて、ショックを受けたが、大笑いもしたのだ。意地悪く私は云った。「そうか、私、母さんより年寄りになったんだ」。あの時はまだ私の名前を時たま口にしていた。私が子である事が時々はわかっていた。あの時母は明らかに混乱した。あの時から私は母に年齢を確認させる事をやめた。私がどこかの「奥様」であろうと、「そちらさま」であろうと、この人の中で私はどこかで動かぬ子として存在していると感じる。四歳。今日私は笑わず、しわくちゃの四歳を見て「ふーん」と思う。そういう事なんだよなあ、四歳。

昨日雪が降った。サトウ君が雪かきに来てくれた。私はサトウ君を中学生の時から知っている。今年彼は六十四のはずである。雪の結晶の模様のある毛糸の帽子、濃いサングラス、グリーンのパーカーにポケットが沢山ついているズボン、去年ははいていなかったしゃれた長靴で現れた。なりは私の息子とほとんど同じである。

慣れた腰つきで、シャッカ、シャッカ気持のいい音をたてながら雪をはじいているサトウ君を見て、急に頭の中に「村の渡しの船頭さんは今年六十のおじいさん。年はとってもお船をこぐ時は、元気いっぱい櫓がしなう。ソレ、ギッチラギッチラ　ギッチラコ」の小学唱歌が流れて来る。

この歌をうたっていた頃、六十の船頭さんはすごいおじいさんで、そろそろ死にそうなのに、まだ働いているんだ、感心しなさいという歌だと思っていた。今の六十四歳は緑のパーカーにサングラス、車でどこまでも行く。サトウ君は自分の六十四歳を、ウッソーとか思っているのだろうか。

先週はサトウ夫妻とシルバー割引きで「ハリー・ポッター」を観に行った。みんなでキャーキャー喜ぶ。「すごいよね、八百円得したよね」「うれしいねェ」「どんどん映画観に来よう、ウッハハハ」。しかし私はへその下の方が不機嫌だった。「シルバー」と私が叫んだ時チケット売りの女の子は私の面を見て、すーっと券を出したのだ。私は「あんた年インチキしていない？」と疑いの目で見て欲しかったのだ。

私は驚いていたのだ。他人にもシルバーに見えるんだ。いつの間に六十三になったのだ、わしゃ、知らん。本当に知らんかった。

シャッカ、シャッカ、雪をはじきとばしているサトウ君、あんた六十四になってギョッとしたりしていますか。村の渡しの六十の船頭さんを「ハリー・ポッター」に誘ったら、「ウンニャ、わしゃ行かん」と不機嫌に答えそうである。

子供の頃おばあさんの手の甲をつまむのが好きだった。おばあさんの手の甲をつまむと手の甲に皮で小さな富士山が出来た。皮ばかりのおばあさんの手の甲の皮はぐいぐい伸び、そこに出来る富士山が羨しくて仕方なかった。私は丸々とふくらんだ自分の手の甲をつまんでみる。皮と肉はしっかりと固着していて、プリプリしてつまめない。私は赤くなるまで、手の甲をつねり続けてあきらめた。

今、私は非常にしばしば手の甲をひっぱってみる。おう、伸びる伸びる。富士山が易々と手の甲にそびえ立つ。頂上に向かってしわが出来た。皮だけのうすい富士山。

あの時私はおばあさんは生れつきおばあさんだと思っていた。あのおばあさんもかつてプリプリの小さな手をしていた子供の時代があったなどと思いもしなかった。子供の私はおばあさんが八十なのか六十なのか知ろうともしなかった。八十でも六十でも同じおばあさんだった。今幼稚園の子供は私のことをそう思っているだろう。

飼っていた猫がだんだん年をとって行った。器量のいい猫が、気がついたら四角い顔になっていた。毛が生えていて目立たないが、ほおの肉が下へずり落ちて来たのである。私は猫が母と同じ顔の構造になったのにひどく感心した。丸顔の母が四角い顔になっていたのである。二十年位前である。

私は妹にわざわざ電話をかけて「ねえねえ、うちのミーニャー、母さんと同じ顔になったよ、ほっぺたがたれて四角くなったの。猫は毛があるから得だよねェー。たるみが毛で隠れるもんねェー」。アッハッハ。二十年前私は笑った。私は昔からなるべく鏡を見ないで生きて来た。今、鏡を見ると「ウッソー」と「えっ」がくり返し胸のあたりから湧き上って来る。

二十年前のミーニャーと母と同じなのである。私もう顔が四角い。ほっぺたの肉は首の方へずり落ちている。昔は不器量を確認したくなくて鏡を見なかった。今は原型の破壊の進行をたしかめたくてギイッと見る。あー、不器量がなんぼのものだったのだろう。知、知、知らない間に、いや知ってはいたが、こ、こん、こんなになっちゃうのか。

私は年老いることをずっと確認しながら生きて来た。姿形だけでなく、中身も年月と共にズタ袋にゴミを入れた様にふくらんで来ていた。生物の宿命は自然のいとなみであり、その様に宇宙は成り立っている。人が年取るのは何の不思議もないの。あの人も年よねェ、私も年よねェ、わかっているの。でも鏡を見ると「ウッソー、こ、これ私、ウッソー」って思ってしまうの。ペテンにかかったんじゃないか。

だからって、シリコン入れたり皮をつったりしようっていうのではないの。ただそのたんびそのたんびに「ウッソー」と思ってしまうだけなの。あー、不器量なんてなんぼのものだったのだろう。

崩壊はとどまらない、ぐんぐんスピードを増してゆくのである。そのうちに慣れて来るのだろうか。泰然自若としてくるのだろうか。やけっぱちになってしまうのだろうか。

六十三になると物忘れがひどくなり、物の名前や人の名前がすぐ出て来ない。「あれ、あれ」「あの人、あの人」と日に五十回は云っている。記憶力の肉がたれて来ているのだ。集中力が薄まり、仕事が続かない。精神力の肉もたれさがって来ている。その時、私、「えっ、嘘、嘘、知らなかった」とは思わず、仕方ないよなあ、これが年ってもんだ、と妙に心が静かになって来る。

「人間ってすごい丈夫だよねェ、六十年も動きつづける機械はないよ。毎日使っているんだよ。内臓なんて寝てても一秒も休まず働いているよ。時々手入れなんかすると百年も動きつづけるよ。百年も走る車ないよねェ」と非常に前向きの時間もある。能力のおとろえはきっと悲哀と共に受容しているのかも知れず、しかし、子も認識出来なくなる痴呆への恐怖は内臓のおさまっている暗い場所の底に住みついている。

（綿密に調査など決してしない様に用心して）六十三年の私の人生をちらっとふり返ると、あっという間だった様だし、もううんざりかんべんして下さい長すぎましたよと思うのと一緒くたで、短かかったのか長かったのかわからない。今日まで充分だったと思え、今日死んでも丁度いいと毎日思う。

鏡を見て、「ウソ、これ私？」とギョッとする瞬間以外、一人でいる時、私はいったいいくつのつもりでいるのだろう。青い空に白い雲が流れて行くのを見ると、子供の時と同じに世界は私と共にある。六十であろうと四歳であろうと

「私」が空を見ているだけである。突然くもの巣が顔にはりついたりする時の驚きは、七歳も四十歳も今でも同じでただ私が驚いている。

混んだ都会の交差点でいらいらしながら、こん畜生と叫ぶのは、三十歳も五十歳も同じで、別人ではない。十代の時は、人間は四十すぎれば大人というものになり、世の中を全て了解して、いかなる困難にも正しく対処するものだと思っていた。

今思うと、十代の私は自分の事以外考えていなかったのだ。共に生きている同時代の人達以外に、理解や想像力を本気で働かせようとしていなかった。しかし自分が四十になり五十になると、自分の若さの単純さやおろかさ、浅はかさを非常に恥じる様になり、その年になって小母さん達の喜びや苦しみや哀しさに共感し、そして、人生四十からかも知れないと年を取るのは喜びでさえあった。そして四十だろうが五十だろうが、人は決して惑わないなどという事はないという事に気がつくと、私は仰天するのだった。なんだ九歳と同じじゃないか。

いったいいくつになったら大人になるのだろう。混迷は九歳の時より、より複雑で底が深くなるばかりだった。人間は少しも利口になどならないのだ。そしてうすうす気が付き始めていた。利口な奴は生れた時から利口なのだ。馬鹿は生れつき馬鹿で、年をとって馬鹿が治るわけではないのだ。馬鹿は、利口な奴が経験しない馬鹿を限りなく重ねてゆくのだ。そして思ったものだ。馬鹿を生きる方が面白いかも知れぬなどと。

そして、六十三歳になった。半端な老人である。呆けた八十八歳はまぎれもなく立派な老人である。立派な老人になった時、もう年齢など超越して、「四歳ぐらいかしら」とのたまうのだ。私はそれが正しいと思う。私の中の四歳は死んでいない。雪が降ると嬉しい時、私は自分が四歳だか九歳だか六十三だかに関知していない。

呆けたら本人は楽だなどと云う人が居るが、嘘だ。呆然としている四歳の八十八歳はよるべない孤児と同じなのだ。年がわからなくても、子がわからなくても、季節がわからなくても、わからないからこそ呆然として実存そのものの不安におびえつづけているのだ。

不安と恐怖だけが私に正確に伝わる。この不安と恐怖をなだめるのは二十四時間、母親が赤ん坊を抱き続けるように、誰かが抱きつづけるほか手だてがないだろうと思う。自分の赤ん坊は二十四時間抱き続けられるが、八十八の母を二十四時間抱き続けることは私は出来ない。

そしてやがて私も、そうなるだろう。六十三でペテンにかかったなどと驚くのは甘っちょろいものだ。

ありがたい

大変な晴天である。まだ地面には雪が残っているが、冬のコートをめくって見れば裏がないみたいに春めいて来た。

周りの木に近づくと、小さなかたい花芽がしっかりツンツン天に向かって立っている。

並んで立っている木の様子はただの枯木で、やせこけたばあさんが、裸で風呂の順番を待っている様であるが、木は実に偉い。冬中バアサンジイサンでも、春が近づくと、雪の下の水を吸い上げて、新しい命の用意をリンリンと蓄えている。

自然は偉い。理屈をこねず、さわぎも致さず、静かにしかしもえる命をふき出そうとしている。

人間はそうはいかぬ。秋に骨ばかりのバアサンに、春になって生れたての赤ん坊の様なみずみずしいお肌が生えてくることはない。一冬ようやく越して、さらに立派なバアサンになるだけである。

玄関のわきの夏椿の一ミリ程の花芽を手をのばしてつめで千切ると、外側は枯木色でも中にあざやかな若緑がみっしり固くつまっている。

匂いをかいでみると青くさい。私も青くさいことがあったっけか。私が若芽になるわけではないのに、へその下からわらわら嬉しくなる。ありがとうござんす。何に対してありがとうと思うのか、ありがとござんす。人間も虫に似ているのか、春めいて来ると、家の中からニョキニョキ出て行きたくなる。虫も地中から出て来るとき嬉しいか。

車を引き出してわきに雪が積み上っている道を走っていると、突然私は白昼夢の真っ只中に降り立って、時間も空間もふっとんだ。道の真ん中をズボンをはいた下半身だけがスタスタ歩いて行っているのだ。体中の毛が立った。下半身だけの幽霊などいるのか。ブレーキをかける正気も失って、下半身のわきを通ると、おばあさんが、上半身を九十度以上に折り曲げてスタスタ歩いていた。うしろから見たら下半身しか見えなかったのだ。九十度以上に上半身を折り曲げたおばあさんは、やっぱり春めいた空気に誘われて、虫みたいに私みたいにはい出して来たのか。

アライさんちに行く途中、目の前に雪が積った神々しい山並みが見えた。もう何年も見ているのに今日初めて見た様に新しく見えた。それ程空が青かったのだ。もう何年も見ているのに、私は名前を知らなかったので、アライさんの奥さんに「あの山何」と聞いたら、「こっちが白根山。こっちが草津」。ああそうか、白根も草津も何度も行っている。私はあんな高いところに行っていたのかと感心したが、体を使って一生懸命登ったのではなく、車が私を連れてったのだ。ズルをしていた様な気がした。

「わたしが嫁に来た時にね、うちの人にあの山は何って名だと聞いたら『知らねェ』と云った。まあ何十年も住んでいるのに知らないって、なんっていう人のところに来ちまったかと思ったよ。そうじゃなくてね、『白根』って云ったんだよ」とアライさんの奥さんが云ったので二人で笑った。アライさんが新妻をもらって照れてブッキラボウになったみたいな気がした。青年アライは山を見ないで、まっすぐ前を見たまま答えたのではないかと思った。

夏でも秋でもアライさんちに来ると、主人アライが居なくても奥さんアライが留守のことは絶対にない。主人アライはいろんな会合や、出荷や、種や道具を買いに出かけたり、夏の夕方に魚釣りに行ったり、秋に山へ茸をとりに行ったり、留守のことがあるが、奥さんアライは絶対に留守のことがない。いつも働いている。私みたいに寝っころがってワイドショーみながら南京豆食ったりしない。

アライさんちの玄関のわきに黒板が出ていて、宮沢賢治みたいに「ハウスの中にいます」とか、「前の畑にいます」と白墨で書いてある。アライさんは私に、雨にも負けず風にも負けず……の詩を終りまで一気にそらんじてくれる事があるが、一字もまちがえていない。「一日四合の玄米をって昔はなっていたがノウ。

このごろは三合に変った。四合じゃ食いすぎだと誰かが思ったのかノウ。んでも、百姓は副食が今みたいになかったから、俺は四合は変えない方がいいと思うノウ」と大変な物知りで、いつかは与謝野晶子の「君死にたまふこと勿れ」を終りまでそらんじ、あれはめっぽう長いので、私は本当に驚天した。

奥さんは側でいつも静かに、お茶を入れたり、漬物を出してくれたり、あとは黙って坐っている。奥さんは心からアライさんを尊敬していると思う。

私は妻はああでなくてはといつも思い、もし私が妻だったら、「何で当局は晶子を牢屋に入れなかったんだろう」とか、「明治の女の方が、今のフェミニストよりずっと命がけで肝が太かった」など、云わんでもいい事を云うにきまっている。「家事は平等にしよう」などと、ゴタゴタの種をまきちらすのだ。

いつかアライさんの奥さんは畑でダンボールをおしりに敷いて、おしりをずりながらとうもろこしをもいでいた。どうしたのかと聞くと「ひざが痛くて」と云ったので、「お医者に行かなくっちゃ」と私はびっくりして云った。「うん、とうもろこしが終ったら」と笑って云ったので、私はハラハラしたが、どっかが痛いとすぐ喜んで医者に行く私は、本当は間違いかも知れないと、とても上っ調子でせっぱつまって生きていない様な気がした。

一昨年の秋アライさんが肺炎になって入院した時、あわを刈り入れるのを何日か手伝って、私は初めて奥さんと沢山話をした。

「牛を飼っていた時が一番エラかった。あのころは搾乳機がなかったんで、手でしぼるんが、とうてもエラかった。よく出る牛と、出の悪い牛がいるでしょ。出の悪いのをしぼる時はもう肩が石みたいになって、本当にエラかった。牛は一日も休まないでしょ。チチが張って来るからね。ここは冬は畑が凍って畑休みで冬は楽だけど、牛は冬でも毎日でしょうが。雨が降ってもチチは張るからね。アー思い出しても嫌だよ。アー思い出しても嫌だよ」と云った。

三人の子供も育ち盛りだったに違いない。「今は、本当に楽」とアライさんの奥さんは云うが、私は楽とはちっとも思えない。私は自分が人生ズルして来た様な気がした。雨が降っても、風が吹いても、家の中でぬくぬくと、筆より重いものもった事もなく、私が居なくても、世界は何も困らず、ノアの洪水になったら神様が高いところから、『『絵本作家』いらなーい。海に落としなさーい』と云う。『農家のアライさん夫婦』特別席に坐らせなさーい」と、どんな馬鹿な神さまも一番先に確信に満ちてのたまう。絶対だ。

私はあわをちょきちょき刈りながら、「ねェ、あの先の先までずっとあわ？」とはるばるかすむあわの波のかすむうねを見ながら云った。「あはは、長いね」とアライさんの奥さんは平気で云った。

昨年は台風が来て、夜中に花豆が全部倒れて、全滅した。夜中に嵐の中を主人アライは何回も畑に出て、最後はびしょぬれになって「駄目だ」と一言云って、寝たそうだ。四十年毎日気まぐれな天候に黙って従う。自然は憎いだろうと思った。

「農家にお嫁に来てよかったと思う？」ときいたら、「一日も思ったことない」「じゃあ、お商売屋さんは？」「ああ嫌だ。ペコペコおじぎするなんてわたしは嫌だ。口が下手だから」「それじゃあ、サラリーマンは？」「勤め人は心配だよ。何かあったら、何もないもん」「じゃあ、今度生れたらどうする?」「どこにも嫁に行かん」ときっぱり云った。

時々、畑のわきにダンボールをおしりに敷いて休んだ。目の前に浅間山がどーんと見えて、秋の空は深く青く、私は外で働くのは何て気持がいいことだろうと、めずらしいから思うのだ。アライさんの奥さんはもう見あきているのではないか。「このごろね。前橋の実家に行ってもゴミゴミしてホラ、となりのテレビの音もつつぬけで、本当に胸につかえる。帰って来ると本当にうれしいよ。このごろ思うね。嫁に来てよかったと思うのは、自然が本当にいい。本当に自然がいい。それだけはいい。それだけはよかった。春は春の山になるでしょ。秋の山もきれいだよね。本当にきれいだよね。本当に。毎日思うよ、山見ると」

私は毎日自然を見ていたら、もうめずらしくも面白くもなくなるのかも知れないと思っていたら、全然違うのだ。一晩で畑をなぎ倒す自然は憎いだろうと思うが、それを越えて自然はすごいのだ。

アライさんの奥さんは浅間山を見て「山のあなたの空遠く幸い住むと人の云

う」などと、フワフワと浅間山の向うに思いをはせたり、「からまつの林を過ぎて、からまつをしみじみと見き」など、感傷にひたったりしない、と私は確信を持って思う。自然はどんな言葉をひねくりまわしても追いつかない。自然は、アライさんの奥さんだから、爪の先から骨の中まで、光の粉の様に住みついているのだ。私が雪の浅間山に圧倒されても、借り物で、本当はアライさんの奥さんのものなのだ。空だってアライさんの奥さんのものなのだ。風だって、雪だって、アライさんの奥さんのものなのだ。そして全ての自然は主人アライさんのものなのだ。と、一昨年のあわの畑の中で私は思った。

白根山を教えてもらったあと、ペンペン草の葉っぱを地面からはがしてもらって沢山もらった。雪の下にペンペン草はもう真緑になっていて、これはおひたしにするとおいしい。緑が何にもないとき、ペンペン草の葉っぱはあばれん坊の小さい男の子みたいだ。主人アライさんは茶の間で、テレビを見ていた。

「今日は天気が良いから山へ木をひっぱりに行く。このごろ誰も山の手入れをしなくなった。外国から安い木が輸入で来るから、バッサイをしなくなってノウ。製材所がみんなつぶれてしまった。山を放ったらかしたら日本中荒れちまうノウ。川も海も荒れる。何かあったら製材が無くちゃどうにもならん。中国の万里の長城だけが、人工衛星から肉眼で見える」と突然話が変ったかと思ったら、変っていなかった。「万里の長城はレンガで積んだんだノウ。あれだけのレンガ焼くに木を全部切っちまって、中国人は放っといても百年でもとに戻るって。木を植えんかったんだノウ。二千五百年たっても木は生えんかったノウ」。奥さんアライさんはお茶を入れてくれて、主人アライさんは山へ出かけた。

もっと春になった。またアライさんちに行った。山が灰ピンク色になって少し山全体がふくらんで、山は笑いたいのをこらえているみたいだった。庭で、ビールのプラスチックの黄色い通い箱を二つぴったりくっつけて向かい合わせて、アライさん夫婦が何かしていた。遠くから見ると、小さい男の子と女の子が仲よくままごとしているみたいだった。あんなにくっつかなくてもいいのにと思う程ぴったり向かいあっていた。そばに行くと、キャベツの種をピンセットで一つぶずつ小さいプラスチックの黒い鉢に並べていた。何だかわかんないが、向かい合っているアライさん夫婦を見たら、ありがたいものをみてしまったと思った。

今日でなくてもいい

昨日のお昼、前の晩作りすぎたいなり寿司と作りすぎた煮もの、作りすぎた汁ものなんかを鍋に入れたまま、車にのっけてサトウ君ちにお昼をしに行った。片道十八キロ山道を下る。十八キロでも隣なのだ。

アライさんちに大人の傘より大きい葉っぱの蕗がある。一本煮るとなべ一ぱいになるが茎はやわらかい。丁度ちくわ位の太さでちくわ位の穴があいている。昨年一本もらって傘みたいに肩にかつぐと、背の高いサトウ君でさえ、コロボックル(見たことないが)か、小人みたいに見えた。小さいマリちゃんはものすごく可愛い妖精みたいだ。昨年の夏三人でびっくり笑いをしながら一本ずつもらってかついで来たのだ。

サトウ君はこの間「あのでっかい蕗の蕗のトウはこれ位でかいのじゃないか」と手をバレーボール位の大きさに作って聞いたけど、蕗のトウの事は考えてなかった。サトウ君は「見て来てよ」と熱心に結構しつこく云ったので、昨日アライさんちの裏の巨大蕗の生えていたところに行くと、枯葉の中から蕗のトウが沢山ポコポコ出ていたが、ふつうの蕗のトウより少し大きい位で、バレーボールほどはなかった。

それを四つもらって今日サトウ君に見せて「これがあの蕗のトウだよ」と云うと「なあーんだ」とすごくがっかりした声を出した。しかしサトウ君はあの巨大蕗に執心して「あれ、もらえないかな、うちに植えたい」と云うので「もらって来てあげよう」と私は自信満々にうけあった。

いなり寿司を食べてる最中にサトウ君が突然「俺の葬式は家でやってくれよな、マリコ」と云った。マリちゃんは「えー嫌だよ、家で葬式するのすっごく大変なんだから。家中かたづけたり、場所ないよ」「かたづけるなんてかんたんじゃないか、ここんところサーッとかたづけりゃすむじゃないか」。死人のはずのサトウ君がサーッとかたづけるなんて云うのだ。

「棺おけそこに置いてさ。来た人は庭のこっちから来てこっちへ帰ればいいじゃないか。ここでおがんでもらってさ」。死人のサトウ君が云う。「えー、嫌だよ」。サトウ君もマリちゃんも全然死にそうにない。サトウ君なんか体型からして九十五過ぎまで楽々と息していそうだし、マリちゃんのお父さんは九十でテニスをしている。寿命はなんたって遺伝子だ。この中で一番早くくたばりそうなのは私だが、くたばる前に遺伝子は呆けを運んで来るだろう。

「俺はやっぱ葬式は家でやるのがいいと思うよなあ、昔はみんな家でやったよなあ」。死んじまったら本人はわかりゃしない。「わかった、わかった。サトウ君の葬式はここで私が立派にやってやろう。あのまめまめしい星田さんと一緒にぬかりなくちゃーんとやってやるよ」。私はアライさんちの蕗をもらうのと同じ位軽くうけあっていた。

しかしサトウ君は何で自分が先に死ぬと思って葬式の指示、希望を女房に頼むのだろう。マリちゃんも何で自分が残るものだと思って「嫌だよ」なんて云うのだろう。私が先に死ぬかも知れないのだから「わかった、まかせなさい」なんて云うのも変だが、「死ぬのはいつも他人」なのか。しかし生きている人間に絶対に確実なのは死ぬ事だけだ。生れて来ない人はいるが死なない人はこの世に一人もいない。

私も葬式は家でやるのがいいとずっと思っていた。家の葬式が無理ならせめてお寺にして欲しい。無宗教って奴が一番困る。めりはりもしまりもなくて皆もじもじしているだけで人が本当に死んだ気がしない。葬式は一種の集団心理に支配されて、泣くつもりもなくて、そのくせハンドバッグに真っさらなハンカチは必ず入れて、ゴーンなどと太い棒で底響きがするでかいおわんみたいのを坊さんがたたくと、暗いあの世をのぞく様な気がする。誰かが泣き出すと、ついうつって、泣く。涙が出ないと自分が不人情かと思ってあせってしまうのが葬式で、うき世のけじめと云うものだ。

この辺では葬式は家でするのが普通らしい。お正月にマコトさんのお父さんが亡くなった。もうずっと具合が悪くて、「じいちゃん今日はどうだい」ときくと「苦労だァ、苦労だァ」とうなっていた。お嫁さんのアケミさんが「おじいちゃんどう」ときくと、やっぱり「苦労だァ、苦労だァ」とうなっていた。ある日アケミさんが「どう、おじいちゃん」と云うと「八郎の次だァ」と云うので何かと思ったら「八郎の次は九郎」なのだとわかったそうだ。

「何か飲みたい？」ときくと「こう胸がスカッとするもの」と云うので、いつもサイダーをあげていた。サイダーを飲むと「ウム、スカッとした」と云うそうだ。「もう、お前、あのじいちゃん、サイダー、トラック二台分は飲んだぜ」とマコトさんはげらげら笑いながら云っていた。私は老人が家族に「今日はどうだい」と毎日云われているのを頭をたれてきいていた。

マコトさんは風呂にも一緒に入ってやっていた。「もう入りたがらないの、そんでも入れちまえば素直なものよ、そんでも何だろ、チンボだけは洗わせないのよ、こうやって、絶対だよ」。そんなものなのか。私は東京で、親父を風呂に入れてやる息子と話をしたことがない。マコトさんは夜も隣でねてたそうだ。「あのじいちゃん、もう二時間おきに小便だぜ、本当二時間おき」。マコトさんの仕事は激務だからケロッとしているのが心配になったが、「わかったけど、本当は小便じゃないのヨ。淋しいんだよな」と云っていた。

ある日、おじいちゃんが、「体をふいてくれ」と突然云ったので、何だろう、不思議だなと思って、体をきれいにふいてやった。ふだんと変わりは何もなかったそうだ。しばらくすると、「何かスカッとするもの」と云ったので、吸い口にサイダーを入れて飲ませた。それからすぐ、ヒクッとしてそのまま死んでしまったそうだ。

「自分で湯灌して、末期の水も自分で飲んで大往生で、すごいだろう」。まるで、どこかの民話の様ではないか。

マコトさんはとても立派な葬式のあいさつをしたそうだ。かつてはブイブイの左翼運動家だったマコトさんは、自分で「私は気が付いていなかったが常に親父の背中を見て育ち生きていた」と読み上げる時、自分で泣いてしまったそうだ。

私は泣いたマコトさんを見られなくて損した気がした。マコトさんはやる事をすべてやりとげたあとですがすがしかった。アケミさんもすっきりしていた。

私は子供の頃父親が、「日本の家族制度は残しておくべきだ」と云っていたのを覚えている。百姓の七男で、馬、牛、以下の扱いをうけていた父が、家族制度を残しておくべきだと云うのが不思議だった。深くは何も考えなかった。百姓の長男の嫁なんかになったら地獄だろうと思った。

親をたらい回しにしたり、独身の姉や妹に押しつけっ放しにして、財産だけは平等にと云うのが当り前と云うのは変だと思う。核家族は核分裂をおこす。分裂した核は族にはもどらない。

数日前、大きなお葬式があった。花輪が県道まではみ出して、交通整理の警備員が十人位出て、小学校の校庭位の広場に車が何百台もとまっていた。私はよそ者だからだれが死んだのかわからなかったが、こんな小さな町のお葬式は立派なもんだなあと思った。

マコトさんの名前の花輪が三つもあった。マコトさんとアケミさんが遊びに来た。死んだ人はマコトさんちの親戚筋の人でもう九十過ぎた人だった。大きな建設事業を一族で経営していて、死んだ人が創業したそうだ。その一族の仲の良さと立派さはこの辺でもめずらしい程の家だったそうだ。その亡くなったおじいさんが、一族にしたわれていたのは並々ならぬものがあったそうだ。

何だかマコトさんが元気がなくて、「いやあ俺考えちゃったよ。だって九十のじいさまが死んだんだよ。もう一族何十人が、じいさんにとりすがって、わァわァ泣いているんだよ」。「泣きまねとか、芝居とかっぽいの？」根性悪の私は云う。「絶対にちがう。見ればわかるわよ。あれは本当に心から悲しんでいるってわかるのよ」アケミさんは断言する。

私の友達など姑の葬式でVサインを出した人も居るし、首から親父の骨箱をぶら下げながらスキップしていた男も見た。それ程年寄りは重いストレスを家族に与えつづけて来たのだ。そして、私達はおびえている。自分達もまた、家族にとって、ストレスだけの存在になるのだ。いやもうなっているかも知れぬ。

核家族に、老人は支えきれないのだ。

九十過ぎだから ひ孫まで、一族何十人も居たそうだ。それが一人残らずなげき悲しんでお棺にとりすがったのを見て、マコトさんは「俺冷たい息子だったのかなあって、思ってしまったよ。俺は、あんな身も世もないって気持になれなかったんだよなあ」とうなだれた。アケミさんは「パパ、あの家は特別なのよ。だって、焼場に行く時、息子の一人が霊柩車の前へとび出して仁王立ちになって、おじいちゃんが好きだった村の中をぐるっと回ってくれってたのんで、村の中しずしず回ったのよ。みんなが、そんな気持に自然になる家族なのよ。でもどうしたら、家族中がそう思えるのだろう。何か私も、不人情なのかしら。ねえ、何でみんながそう思えるのだろう」。

親父のチンボまで洗ってやろうと思った息子でさえ、うなだれている。

「でも、九十過ぎた本人はもういいって思っていたかも知れないよね」「いや、あの家族は生きていて欲しかったんだよ。俺なんか、うちのじいちゃんよくやったエライエライって、どっかほっとしたもんな」。当然ではないか。私なんか老人ホームに母を捨てた。捨てたと思っている。

そう云えば、九十七歳の友達の母親が、「洋子さん、私もう充分生きたわ、いつお迎えが来てもいい。でも今日でなくてもいい」と云ったっけ。

やっぱり、家でお葬式するのはとても大変なことだ。きっと、と私は思う。あの美しい一族は、ほろびたはずの家族制度が、奇蹟の様にポツンと残っていたのではないだろうか。事業の創業者の長男が次代の事業をうけつぎ、その長男を兄弟が一団となって助け、そのつれ合いは夫の親族とむつまじく結束した奇蹟だったのだ。

ネパールは鳥葬や風葬で墓がない。墓がないと墓という言葉がないそうだ。その国その国の「死」はそれぞれ違うのだろう。時代によっても変化してゆくのだろう。

いつ死ぬかわからぬが、今は生きている。生きているうちは、生きてゆくより外はない。生きるって何だ。そうだ、明日アライさんちに行って、でっかい蕗の根を分けてもらいに行くことだ。それで来年でっかい蕗が芽を出すか出さないか心配することだ。そして、ちょっとでかい蕗のトウが出て来たらよろこぶことだ。いつ死んでもいい。でも今日でなくてもいいと思って生きるのかなあ。この日本で。

虹を見ながら死ね

ソウタは、ジャグアーとベンツとチェロキーを所有している。二十年位前、昨日手に入れたというジャグアーを見せに来た。その時すでに年代物だった。乗せてやるというので、地響きする低音が腹にひびく車にのって少し走ると、すぐボンネットから白い煙が雲の様に湧いて車は止った。

それからどの様に手を入れたのか知らぬが、今でも美しい貴族の西洋婆さんのような姿で走る。

ベンツもいかにも古い。

乗るといろんな音がする。「私の国産車はもっと静かだ」と云うと、「これがベンツの音なの」と云った。「リッター何キロ走る？」と聞くと、「聞かないでよ」と不機嫌になった。

昼食を食いに行こうとチェロキーに乗ったら、バッテリーが上がって動かない。「私の車、エンジンがかからない事なんか、いちーどもないよ」。私は元気な声が出た。自転車に乗ってそば屋まで行った。

ジャグアーとベンツとチェロキーを持っていると云うと、「えー、お金持ちねェ」とたいがいの人が嫉妬にかられた声を出す。私は「全然お金持ちじゃないよ」と本人が居ないところで力説する。何で私が力説せねばならないかわかんないが、ソウタは金持ちではない。「ただの見栄っぱりなのだ」と云うと、「見栄が張れるのが金持ちでしょう」と云われるが、ちょっと違うんじゃないかと思う。二、三年前、変な家を作った。鉄筋の小さなアパートを買って、中をくり抜いてガランドウにした家で、家の中に靴のまま入る。

世田谷なのに薪ストーブがある。「こんなところで何で薪をたくのか」と聞くと、「カッコいいじゃん」と云うが、ストーブの形はかっこいい。私は「ケッ」

と云いながら、いつたくのかと聞くと、「これっていうお客が来た時」と云う。

ガランドウにしてハリも柱もとってしまったので、いつか建築家を連れていったら、建築家は天井を見上げて「えっ」と叫んで自分の場所を移動した。「これ、あぶない、落ちるよ」と云った。ソウタは「やっぱり」と云って、「でもここに柱を立てたらカッコわるい」「あんた、カッコつけのために命張るのか」と聞くと、「まあね」と云ってそれでも不安そうに天井を見ていた。

その天井の上の屋上に屋上庭園を仕立ててしまい、東急ハンズで板を買って来て、下手な大工など足もとにも及ばない出来で木のあずま屋を自分で作り、中にテーブルがある。

「ここで何するの」「ビール飲む」「本当に飲むの」「実は一度も飲まないうちに痛風になってしまった」。ビールは痛風に悪いのだそうだ。「こんなもののっけたら、なお天井が落ちるよ」「でもこの間の大雨のあと二重の虹をここで見た、あっちの空からこっちの空までのものすごい奴」「虹を見ながら死ねば」「それカッコいいなあ。どうもここらへんに水がたまって下の天井にしみ出しているらしい」

建築家が「それマジでヤバイですよ」と急につま先立った。

そのだだっぴろい家の中を、ゴールデン・リトリバー二匹と、ちんこいねずみみたいな犬が走り回っている。犬がぶつかるテーブルはどこで見つけて来るのか、昔の西洋の貧乏修道院の坊さんが飯を食った様なものである。灰皿を引き寄せると、「ここまでやるか」と思う古めかしい銀の灰皿である。灰皿から、執念というか、情熱というか、そんなものが迫って来るが、金の匂いは迫って来ない。

これだけは高かっただろうと云おうか、一点ゴウカ主義と云おうか、堂々たる黒皮のソファがあり、私がねころんでも、まだゴールデン・リトリバーが悠々と横たわれる大きさで、横の棚に親父さんの遺骨が入っている銀の茶壺があって、茶壺の前に古いクリスタルのグラスに水を入れて仏壇のつもりらしい。

ソウタの家は暗い。あちこちに置いてあるスタンドがぼうっとついているだけで、こちらは年をとっているのでカッと明るくして欲しいと思うが、何回か行くうちに慣れてしまった。毎日住んでいる妻や娘も慣れてしまったのだろう。

先日ユリ子さんが、大正末期に建てた西洋館をこわすからいらないものをもっていってくれるかと云うので行った。中に入ると、何年も使ってないので、ほこりとくもの巣だらけだったが、私は立派な座卓と桐のたんすをもらうことにした。大理石のマントルピースもあったが、中に仏壇が入っていた。

天井を見上げると、ほこりだらけのペンダントが下っていた。ガラスと金属で出来ていて、ガラスはアールヌーボー風の模様がすかし彫りになっている。このごろこんな風格のあるペンダント見たことがない。

「これどうするの」と聞くと、ユリ子さんは「こんなもの仕方ないでしょう。こわし屋さんが家と一緒にこわすんじゃない」と云った。私はソウタの家を思い出し、これが似合うのはソウタの家しかないと思った。「これ欲しい人がいたらくれる」と聞くと、「えー、そんな人居るぅ」と笑っていた。

私はソウタのところに行って、こういうものがあるが見に行くかと聞くと、「行く」と云った。「すぐ行く」と云う。「取りはずすの大変そうだよ」と云うと、でかい工具箱をチェロキーに突っ込んだ。「でも気に入んないかも知れないよ」

「見なくっちゃ、見なくっちゃネ」とぐんぐん車を走らせるので、まめな人だなあと思った。

行って、天井を見上げたソウタは、「俺もらう」といってがん丈そうな金具をとりはずしにかかった。天井が高いので「危いよ、専門の人に頼んだら」と云うと「金がかかるじゃん」と云いながら、手をまっ黒にして、シャツも黒くして、はずしてしまった。近くで見ると金色の金属は黒ずんで、ガラスもすごく汚れて、ガラスの中にゴミと一緒に、ひからびた蛾とか蜘蛛とかがたまっている。ユリ子さんが「お茶にしよう」と云ったが、ソウタはそわそわして落ちつかなかった。

ペンダントをチェロキーに積み込むと、ソウタはやたらスピードを上げるので、「あんた、泥棒が逃げるみたいに走らないでよ」と云ったら、「洋子さんこれコットウ屋で買ったら二十万円位する」と、やっぱり泥棒みたいな声を出した。

私が家の前でソウタと別れたのは三時頃だった。六時に電話が鳴ったらソウタだった。「見に来てよ」「え？　もうつけたの」「とに角見に来てよ」と云うので、ソウタの近くの友達の家族三人と見に行った。

行って全員、「オゥー」と合唱した。食卓の上に、それは夢の様なペンダントがぼうっと光っていた。ガラスも金属もピカピカで、すかし彫りのガラスから甘い光が流れて、あかりに上等下等というものがあることがわかった。私はユリ子さんのためにうれしかった。ここで新しくよみがえって、再び人生を出発する美しい若い女の様であった。この家で全く違う身分になったことを、ユリ子さんが一番よろこんでくれるだろう。

ソウタがそわそわして泥棒みたいだったのは、ほこりにまみれたくたびれた女が上物の美人だったと見破ったからだろう。

そのあかりの下で夕飯を七人で食った。皆時々上を見て、「これが似合う家は、日本中でここだけだ」とか、「この家の品格がこれ一つで変った」とか、美しいものが等しく人間を幸せにするみたいに、みんなのお腹の中にもあかりがともり、それが透けてみんなの顔が中から光っているみたいだった。私達はこの光の下で度々飯を食いたいものだと思った。ソウタは時々ちらちらともう一つのテーブルの上を見ていた。

次の日の午前中電話が鳴った。「オレ、ソウタ、あれ割っちゃった」「えっ、ウソ」「ウソじゃないのヨ」。昨日のメンバーが集合してこわれたペンダントを声もなく見つめた。

「何で？」「こっちのテーブルの上に移そうと思ったら手がすべった」「ここでよかったのに」「いや、こっちの方が絶対ピタッとすると思った。割れる時、世界がスローモーションになって、ガラスがとまりながら割れた」

みんな、また黙った。「……カッコつけるの楽じゃないねェ」

ああ、あのあかりを二度と見られないのか。ユリ子さんに見せる事もなくはかなく消えた。

「それでね、ほら、あの天井から下っている金具だけでも生かしたいから、今日、そこら中走りまわって、ガラスのペンダントさがしたけど、昔のだから大きいのよ、金具が。ちょうど同じ半径のは一個しかなくて、それが五万円もしたの。二万円のもあったけど気に入らなかった」「これが五万円？　安っぽいね。いつ行って来たの」「割れてすぐ」「まめだね」「カッコはすぐつけないと気がすまない」

また、同じテーブルで同じメンバーで夕飯を食った。酒が入ってソウタはやけくそになったのか、「俺の一生はカッコつけの一生なのヨ。もうカッコだけで五十四になったのヨ。気がついたら、年金ないのヨ。この家のローン、七十四まで払うのヨ。エッ、どうする」

ソウタの家に行ったら、ベンツがなくなっていた。「ベンツどうしたの」「駐車場代二万円払えなくなった。山へ持って行った」「売っちゃえば」「いやだね。実はジャグアーを売ろうかなって思っていたのヨ。そしたら、この間、イタリアの金持ちと仕事してね、仕事終ったあとで車の話になってね、そいつも同じジャグアー持っててね、ほかにランチャーも××もあるんだけどね。でも話が盛り上ってもう何十年来の友達みたいなわけさ。そん時売るのやめる決心したね。俺、金なくて売るって云いたかなかったね。見栄と無理は同じなの。無理しての人生ですよ。ジャグアー乗ってそのへん置いとくでしょ。子供が集まって『カッコいい』ってソロソロさわったりするの見ると気持ちいいの。走っていると外の車から視線が集まるの。その快感こたえられないのヨ」

正直な奴だなあ、まるでガキだ。男ってみんなガキなのだ。鈴木宗男を見ているとガキの顔してやってるなあと思う。男が一心不乱になるとみんなガキになる。ワールドカップの男たちが、ちんこいボール一つに文字通り生命をかけて必死の形相でかけ回る。ガキの美しい形相に感動する。昔子供の草野球でも男の子はあんな形相をしていた。

ガキの情熱がこの世を作って来たのだ。エジソンもピカソもガキの顔付きで自らに没頭して来たのだろう。小市民もガキの情熱で、つつましく生きているのだ。

ソウタがとび出さんばかりの目付きでペンダント金具を外していたのもガキの健気さではないか。しかし女はガキである事があったのだろうか。ヤワラちゃんが懸命に背おいなげをして金メダルとっても、ガキだなあと思わないのは何故だろうか。女はガキと違う生き物なのだろうか。

声は腹から出せ

十八歳で田舎から東京の予備校に入った時、私はどうやって友人を作ったらいいかわからなかった。東京の奴等は、何でもへっちゃらみたいだった。化粧している女も居たし、ハイヒールをはいている女も居た。男は汚いなりをしているのが傍若無人に見えて、それがあか抜けて、何だか世の中知り尽している様なのだ。田舎者のままいじけているのは苦痛だった。田舎者は自ら名乗らなくても田舎者丸出しだったから、初めて、お昼をオシルなどという江戸っ子っぽい小柄の男の子に「君、田舎どこ?」と聞かれた一言にとびついた。

「清水」。私はとびついたものにしがみつくために「清水の次郎長って知っている？ あれ私のお祖父さん」と大嘘をついた。友達になったらあとで「アレウソ」と云えばいいと思っていた。

次の日学校に行くと私は「ジロチョー」というあだ名になっていた。こまったと思ったが遅かった。たちまち私は大声で友達としゃべるようになり、ガニ股だったため、学校をのし歩いている様に見えたかもしれない。

しかし十八の女の子がジロチョーである事は、ひそかに私を傷つけた。あだ名の困った事は嫌だなと思っても、呼ばれれば返事をしてしまう事である。

私より気の弱そうな田舎者の男の子は、おずおずと「清水さん」と私に呼びかけたことがあった。予備校から大学はほとんど同じメンバーが移動した様なものだったから、大学でも私はジロチョーだった。上級生にも下級生にもジロチョーは伝播した。

私の青春時代に極端に色恋沙汰が少ないのは、私がジロチョーだったからだと今でも思い込んでいる。私はジロチョーが何者であるかほとんど知らなかった。実家の近くの梅蔭寺という寺にジロチョーの墓がある事だけは知っていたが、行った事もなかった。四十年以上たったが、まだ行った事はない。

四十数年たった今、私はジロチョーである事はほとんどない。大学の同窓会に行けば相変らずジロチョーと呼ばれるだろうが、私のクラスは同窓会をやらないクラスだから、私は自分がジロチョーだった事を忘れて暮した。

この間、目白の駅の構内に、CDを売っている出店の様なものがあった。そこにひもでしばった十四、五枚一組になった浪曲「二代広沢虎造・清水次郎長伝」というものがあった。私は云うに云われぬショックを受けた。ああそう云えば、かつて浪曲というものがあったっけ、広沢虎造という人物が居たっけ。

しかし私は浪曲というものを聞いた事が一度もなかった。浪曲というものの思い出は一つしかなかった。子供の頃四、五軒しか家のない集落に住んでいた事があった。ラジオがあるのは私の家だけだった。

何曜日か忘れたが、週一度、八時になると裏の小父さんがラジオを聞かせてもらいに家の縁側に坐った。小父さんは浪曲を聞きに来るのだった。小父さんはうすぐらい縁側でじっと頭をたれて、身動き一つしないで、何十分間も一心不乱にラジオに聞き入って、終ると静かに帰っていった。

私は浪曲の声が動物のうめき声の様で気味悪かった。云っている言葉が何一つわからなかった。そして下品で滑稽なものの様な気がした。裏の小父さんも無教養な下品な人の様な気がしていた。浪曲はお百姓さんのもので低俗なものだと私が思ったのは、母親の、今思えば鼻もちならない差別意識が子供の私にまでしみ込んでいたのだろう。

目白駅の構内で、突然に、裏の小父さんが家の縁側でじっと頭をたれて身動き一つしなかった情景が一枚の写真の様に私によみがえって来た。五十年以上昔の、田んぼの中の小さな家と小父さんの動かない姿は、半分は夕闇のなかにとけ、半分はオレンジ色の電球の光に染まっている。小父さんは小さな女の子と二人で暮していたが、女の子が子供なのか孫なのか私は知らなかった。時々若い女の人が居た。

こうしてCDを売っているのは、今でも浪曲を聞く人が居るのだろうか。もう消滅したものではなかったのか。私は今これを買わなかったら、浪曲というものを一生知らずに死ぬかもしれぬとあせった。浪曲は一度も聞いたことがないが、広沢虎造という名前は知っていた。いや、広沢虎造しか知らなかった。広沢虎造がいつ死んだのか私は知らない。清水次郎長と虎造はセット物というあいまいな知識しか私にはなかった。

そういえば、私はジロチョーだったっけ。何十年も前にジロチョーというあだ名が私を傷つけたが、六十四歳になってもう私は傷つかなかった。ひたすらなつかしくもあった。宇多田ヒカルや浜崎あゆみのCDの中で、ひもでしばられた次郎長伝は異様だった。

売子の茶髪のニイチャンに、一万五千円を一万円にしないかと聞くと、すぐさま一万円にしてくれた。少しがっかりした。

車のCDプレイヤーに清水次郎長伝第一巻「秋葉の火祭り」を入れた。男の声がする。私はこんないい声の男が居たのかと驚いた。私が動物のうなり声だと思

ったのは、

〽富士と並んで　その名も高い　清水次郎長海道一よ　命一つを長脇差に　かけて一筋仁義に生きる……

と歌っていた声だった。すみずみまで手入れをして、みがいて、こすって光らせた様な声なのだ。どんな低音になってもはっきり日本語が私の耳に入って来る。そう云えば美空ひばりの声もそういうものだった。歌って、あとは一人で何人分もの芝居をする。

十八巻もある次郎長伝にはずっと次郎長が登場するが、次郎長は無口である。時々、「そうか」とか、「ええ、そりゃよくねェ」とか云うが、「そうか」だけで次郎長だとわかるのである。無数の子分ややくざ者が出て来るが、声だけで誰だか分る。聞き進むうちに、男にとって貫禄というものが、大変なものらしいのである。短く「そうか」と云う次郎長は実に貫禄である。

〽山岡鉄舟先生の書いた本には次郎長何遍なぐり込みをかけても　不意に行って不意に敵を切ったことがない　向うの仕度が出来るまで　待っていた肝の太さ

よ……

らしいのである。肝が太いなどという日本語は、何といい言葉であろう。このごろ肝の太い奴など見たことがない。ひきょう者が何より見下げた奴なのである。

〽まず次郎長のいでたちは　渋い結城に　一本独鈷の博多帯……五代忠吉の長脇差腰にたばさんで　薩摩絣の廻し合羽……

と虎造が歌うと、そういう姿の肝の太い貫禄のある、いきな次郎長がすっくと頭の中に立つのであるが、これは字で読んでもすっくとは現れない。虎造の声ですっくと現れる。

もうやめられない。やめられない。こんな面白いものを裏の小父さんは頭をたれて聞いていたのか。いちいち感心する。やくざの日本語は美しかったなあと思うが、本当の次郎長がどういう男だったか知らない。日本史人名辞典の次郎長は、頭を七三に分けた写真で長い顔をしている。

〽生涯敵味方二百八十本の位牌をこさえて明治二十六年六月十二日七十余歳まで生きたのは万事油断がなかった……

からだそうで、度胸がよくて腕が立ち、仁義に厚く情がある、と字に書いても馬鹿みたいだが、虎造の声で聞くと、うーん、そーか、そーか、立派な男だなあと思ってしまうのである。

人間どんな時でも、体より先に目が動くとあの声で云われると、人間観察がするどいと感心する。

やくざ者だから、切ったりはったりが事件である。見事に仇討ちが出来ると、

〽丁度時間となりました……

としめくくってくれて、実に気持ちが片づく。

浪花節的というのは、近代日本の軽蔑の対象であった。でも、

〽義理も人情もすたればこの世は闇よ……

が何が悪い。義理も人情も金にかわったこの世が、安政年間より人間上等になったのか。

小泉首相よりも、次郎長肝が太かっただけでも偉かった。「るっせえ、男に二言はあるものか」。やくざでさえ、他人と自分に二言は許さないのだヨ。

居るだけであたりを払う貫禄はどこへ行ったのだ。海道をあちこち飛び回る森の石松でさえ、自分の欲得はない。ひきょう者と云われれば、かっとなって命でさえ落とす。

あっちこっちとびはねた「腕は立つがひきょう者」の鈴木宗男さんは何が悪いかというと、あれは声が悪い。座敷犬がキャンキャン吠える様に、「ワタシハヤッテイマセンヨ。ムネオハウスナンテアリマセンヨ」。聞き苦しい声だすな。

腹から声を出せば、口先だけの声は出なくなる。嘘だか本当だかわからない次郎長話で私を説得し、五十年前の縁側の小父さんを感じ入らせたのは、虎造の腹にひびく声がのせて連れて来た物語だと思う。腹から声は出すものだ。気持ちが上ずるから声も上ずるにちがいない。

浪曲が盛んだったころ、日本人の心はこうまで荒廃はしていなかったのではないか。私は次郎長伝という浪花節しか知らないが、壺坂霊験記とかは単純素朴な夫婦愛の物語だったろうし、親子の情愛の物語も沢山あったのではないだろうか。大衆芸能というものは、大衆が望むから生れるものだろうし、もう大衆は浪曲を必要としなくなったのだろう。

しかし私達は、吉本のタレントのバカ話を本当に望んでいるのだろうか。テレビは悪いなあ、どんどん人心を荒廃させていく。誰も人の道など説かない。説く奴はうさんくさい。

五十年前じいっと頭をたれて浪花節に聞き入っていた裏の小父さんは、ちょうど今の私の年齢くらいだったろうか。同じ年月を生きて、人として多分裏の小父さんの方がまっとうな人間だったのではないかと思う。もっとシンプルな人としての基準というものを、ペラペラ口に出すことなどせずに、腹にちゃんと持っていたのではないだろうか。

時代と共に滅んでいったものが戻って来ることは決してない。失ったものの代りに、私達は豊かな物質生活を手に入れただけなのだろうか。

六十四歳の「ババア」は、もう男でも女でもなく「ババア」という生き物だ。若い女だった頃ジロチョーというあだ名だった女だ、私は。なってやろうじゃないか次郎長に。せめて生きたや義理と人情。肝くらい太くしたいものだ。腕と貫禄は不足するが、侠気ぐらいは持ちたいのよ。
でも、私は、ただのおっちょこちょいになるだけみたい。それでもいいや。
ちょうど時間となりました。

フツーに死ぬ

医者はレントゲンをとって、血液検査をした。猫のくせにレントゲン？　血液検査？　医者は大きなレントゲン写真二枚をビューアーにはさんで、真面目な少し沈痛な面持ちをしていた。

「ガンですね」。は？　は？　は？

「ここ、すい臓、こんなに大きく変形しています」。テニスボール程の丸い部分をさして医者は云った。

「それから、この肺のここ、ここ、転移していますが、原発はどこかわかりません。もし調べるなら、腸や胃の検査してもいいですが、どうします？」「それって原発がどこか調べるだけなんですか」「そうです」「治りますか」「これだけ広がっていますから、手術してガンの所を取ってもねェ、内臓全部やられていますよねェ」「手術しないでいいです」

えーッ、ガン！　猫なのに。「どれ位、もちますか」「うーん、何とも云えませんねェ、一週間かもう少しもつか」。えっ、一週間？　えっ。「体重三キロへってますねェ、脱水状態ですねェ、水飲んでなかったと思いますよ。点滴して抗ガン剤入れてみますか。何にもしないで、安楽死という選択もありますが」。安楽死という言葉を医者は云いにくそうに小さな声で、私の目を見ないで云った。点滴をしてもらうことにして一泊入院することにした。

次の日、猫はえさをぺろぺろ沢山食べたそうだ。ステロイドの注射もしたと医者が云った。ステロイドって、運動選手がドーピングに使うんだっけ？　いつか九十二歳のおじいさんが骨折して入院して、もう寝たきりになってしまうかと思われた時、ステロイドを注射したら突然おき上って、病院の廊下をスタスタ二周もした事をきいた。注射が切れたらまたストンと寝てしまった。

医者が白い小さな丸薬をくれた。「抗ガン剤です」。口をこじあけてのどの中に放り込む様に教えてくれた。

「もし薬がきいたら、進行を遅らせることが出来ますが」と医者が云う。進行を遅らせるって事は、少し寿命が延びるって事なのか。

フネは金物のおりの中でうずくまっていた。刑務所に似ている。私がフネなら刑務所の中で死にたくない。

「もしすごく苦しんだら、家で安楽死させてくれますか」

「その時は連れて来て下さい」。私は黙りこんだ。

私はフネを見たままずっと黙っていた。

「なるべくなら病院で」。医者は沈黙に耐えられないらしかった。沈黙に耐えられない人は良い人だなあと思う。私はそれをぐいっとつかんだ。

「もしもの時、電話してもいいですよね、来てくれますよね」

フネを連れて帰った。

フネをフネの箱の中に置いた。冬中足温器を入れた箱の中に毛布をしいてあった。

フネはじっと目をつぶって置いたままの姿勢だった。箱のそばに水を置いてスーパーに行った。ステロイドはやっぱり一瞬のドーピングだったのだ。

一番高いかんづめを十個買った。コマーシャルで、シャンペングラスの中に入っていてチンとグラスをたたく奴だ。私はコマーシャルを見るたびに、ヘン、猫なんぞにぜいたくさせちゃいかん、とんでもねえと腹が立っていたものだ。

魚の白身、とりのささ身、ビーフ、レバーと何種類もある。奇蹟が起るかも知れん。ふだんコロコロした兎のふんみたいなものだけ食わせていたから、白身の魚のあまりのうまさに、パクパク食べてガンがだまされるかも知れん。レバーなんぞペロペロ食べたら、もしかしたら肝臓のガンも負けるかも知れん。高いったって安いものだ。しかし奇蹟は起こらないだろうとも思う。

小さな皿にスプーン一さじをとり分けてフネの鼻さきに持って行った。匂いをかいでフネは一さじ分を食べた。私は勇んでもう一さじを入れた。フネは口を閉じたまま私の目を見た。「ねえ、食べな」と私は云った。私は自分の声に気が付いた。全然猫なで声になっていない。私は一生猫なで声というものを出した事がなかったらしい。フッーの声しか出ないのだ。フッーの人は皆猫なで声が出るものなのだろうか。猫は猫なで声をかけてもらいたいのだろうか。「ねえ、もう一口食べてみな」。フッーの声で私はまた云っているのだ。フネは私の目を見ながら舌を出して白身を一回だけなめた。私の声に一生懸命こたえようとしている。お前こんないい子だったのか、知らんかった。

気が付くとフネは部屋の隅に行っていた。

本当にあと一週間なのか。もしかしたら、今そのまんま死んでしまっても不思議はないのか。苦しいのか。痛いのか。ガンだガンだと大さわぎしないで、ただじっと静かにしている。

畜生とは何と偉いものだろう。

時々そっと目を開くと、遠く孤独な目をして、またそっと目を閉じる。

静かな諦念がその目にあった。

人間は何とみっともないものなのだろう。

じっと動かないフネを見ていると、厳粛な気持になり、九キロのタヌキ猫を私は尊敬せずにいられなかった。

時々じっと動かないフネの腹のあたりを見た。かすかに波打っている。父が死ぬ前、うすべったくなった父の胸のあたりのふとんをぬすみ見た時の事を思い出した。そんな時不意に父が目をあけて、私を見ると、私はへどもどしたものだ。

まだ生きている。

時々おき上って、砂箱に小便をしに行った、時々は水を飲んだ。そのうちたれ流しになるのだろうか。たれ流ししてもいいからね、たれ流ししてもいいんだよ。でもなるべくたれ流さんでくれる？

一カンのえさがなかなか空にならなかった。

フネはじっと静かにしているのに、私は騒いだ。

サトウ君にも「フネがガンになった、今日死ぬかも知んない」。マリちゃんとサトウ君は静かに玄関から入って来てくれて、「え、お前どうしたの」と云ってくれた。フネは、はて変だなお前ら、と思うかも知れない。

アライさんちに行っても「うちの猫、ガンになって死にそうなの」と報告した。アライさんは、「ほう、そうかね。うちのも昨日死んだ」とふだんと同じ顔をして云った。アライさんちの猫は納屋の二階でお産をして、そのうちの一匹はどうしても地上におりて来なくて、五年間納屋の暗い二階で生きていた。時々アライさんがはしごにのって、おしりだけ出していることがあった。五年間毎日えさをやっていたのだ。

アライさんが入院した時、奥さんが最初の面会に行ったら、アライさんは一言、「猫」と云っただけだったそうだ。「私にえさやれってことなんだよね。猫のことだけ心配だったんかね」と、奥さんは不平そうに云ったっけ。

あの猫は初めて地上におりた時は、穴の中に埋められる時だった。私はアライさんにフツーではない声を出した事を恥じた。

マコトさんにもアケミさんにも「フネがガンなの」と云いつけた。マコトさんは「あー、あれはいい猫だった、なかなか人物だった」と過去形で云った。そうだったのかも知れないと私も過去形で思った。

一週間たった。猫の医者が「どうです」と電話をかけて来てくれた。猫の医者の半分か十分の一でも、人間の医者が患者の事を心配してくれるだろうか。退院して行った患者に電話してくれる事なんかないなあ。私は、抗ガン剤を一錠も与えないですてていた。

一週間、私はドキドキハラハラ浮ついていたのに、フネは部屋の隅で、ただただ静かに同じ姿勢で、かすかに腹を波打たせているだけだった。見るたびに、偉いなあ、人間は駄目だなあ、と感心した。

十日たった。二週間たった。

「ほら、食べな」と云うと、私の目を見て一さじの半分位食べて、「本当は食いたくないけど、あんたが食べなって云うから、食べましたよ。ね、もういいでしょう」とその目が云っている。そんないい子しないでもいいよと思いながら、「もう半分ね、もう半分」と私は云うのだ。

二週間過ぎると、フネは死なないんじゃないか、こうやって飲まず食わずで永久に生き続けるのかも知れない。それでも砂箱に小便と糞をしに行く。ねずみの糞位の糞を三日に一度位する。一瞬一瞬今死ぬか、今死ぬかと思っているので、私は疲れて来た。何をするでもないのに、ずっと緊張していた。そのうちに、風呂場のタイルにうずくまる様になった。熱があって冷たい所に行きたいのか、暗いところで邪魔されたくないのか。音もなく冷たくて暗いところを自分でさがす。

ある日、トイレの便器の前に小さな水たまりが出来ていた。トイレットペーパーでふくと黄色い。においをかいでみると小便くさい。フネは砂箱までもう行けなくなったのだ。風呂場の隣のトイレに必死で行ったにちがいない。ここが人間のトイレだと知っていたのだ。こんな健気な猫だったのだろうか。私はただのデブ猫としか思っていなかった。

顔が一まわり小さくなった。なでるとゴリゴリと頭蓋骨がさわった。

二十日過ぎた。友達が来て、「あんた、これはまだもつよ。このでかい腹はラクダのコブと同じで、このでかい腹から栄養補給しているんだよ。これがすんなりスタイルのいい猫だったら、とっくに死んでいるよ」。そうかしらん。三度トイレに小便をした。小便をした床をふいたあと、私はじいっと床を見続けずにいられなかった。なるべくなら、たれ流しにならないでね、って心の中で云ったのがわかっちゃったんだ。

ちょうど一カ月たった。

フネは部屋の隅にいた。クエッと変な声がした。ふり返ると少し足を動かしている。ああ、びっくりした、死んだかと思ったよ。二秒もたたないうちに、またクエッと声がして、フネは死んだ。全然びっくりしなかった。

私は毎日フネを見て、見るたびに、人間がガンになる動転ぶりと比べた。ほとんど一日中見ているから、一日中人間の死に方を考えた。考えるたびに粛然とした。私はこの小さな畜生に劣る。この小さな生き物の、生き物の宿命である死をそのまま受け入れている目にひるんだ。その静寂さの前に恥じた。私がフネだったら、わめいてうめいて、その苦痛をのろうに違いなかった。

私はフネの様に死にたいと思った。人間は月まで出かける事が出来ても、フネの様には死ねない。月まで出かけるからフネの様には死ねない。フネはフツーに死んだ。

太古の昔、人はもしかしたらフネの様に、フネの様な目をして、フツーに死んだのかも知れない。「うちの猫死んだ」とアライさんに報告したら、「そうかね」とアライさんはフツーの声で云った。

そういう事か

「お宅スカパーだよね」「そうだよ」。私は鼻の穴がふくらむ。

「ワールドカップてんこ盛りだよね」。えー、そうなの？

「映像きれいだよね」「ばっちり」。鼻の穴中途半端。

「よし、見にゆくからね」

私が住んでいる所はテレビが映らない。無理してケーブル分けてもらったが、地上波は雨ざらしの映画みたいで、かけた金返してもらいたいと思う。衛星放送の白い中華ナベの様なものを二つも庭に並べた。

一つがスカイパーフェクトT・Vという奴で、これは地上波のワイドショーなど見られないので、私は映画ばかり見ていた。Wカップか、困ったな、わたしゃスポーツ嫌いなんだよね。

近所の友達が、ビールだの食い物などどっさり持ってやって来た。

どうせ見るんだ、ルールも何もわからないが、見るんなら楽しまなくちゃ損だ。聞くところによると、サッカーの選手には美男が集まっていると云う。美しい男のパレードを見てやろうかね。

昔から、一度でいい、どんな気がするのか知ってみたい事がある。男が若くて美しい女を見た時の反応である。

私の叔母は、叔父の事を生涯いやらしいと云っていた。一緒に電車に乗ると叔母が居ても、さささささと車輛の中で一番若くてきれいな女の前に立つそうである。叔母は叔父が並外れて助平だと云うのであるが、私が電車で観察すると、全ての男は叔父と同じなのである。まなじりを決して電車にのってくるわけではない。ぼけーっと扉から入って来た男は、水が流れるがごとく無意識にそうする。立ったあと、大方の場合何事かをなすわけではない。

高校生の男でさえ、「今日は朝から運がよかったぜ。明大前の階段で、すげえカワイイ女子高生がころんでよ、パンツがチラッと見えたのヨ」。そういう日は、その日一日何か良い事がある様な、心が浮き立って楽しいそうなんである。

もうすぐ七十になるもの書きの友人でさえ、「俺まだ大丈夫だって思うよ。だって街へ行くと若い女の子を見ると元気が出るもんね、ノースリーブになる季節がいい。二の腕のつけ根のあたりを見ると、生きているって素晴らしいと思える」。「ブスでもいいの」ときくと、「出来れば美人の方がいい」。

サトウ君など、世の中の女を分りやすく二分している。話の中で出て来る人を「どんな人？」ときくと、「それが美人なのよ」か、「美人じゃないけどね」としか答えない。ある夜、妻のマリちゃんが寝室のテレビを寝られずにみていたら、テレビの中で「美人」ということばが出て来たとたん、ぐっすり眠っていたはずのサトウ君ががばっと起きて、「どこに？」ときいたそうである。

女の中には度はずれた面食いがいることはいるが、大半の女は、電車の中の男を一べつしただけでトコトコと美男の前に立ったりしない。そういう風にはプログラムされてはいない、……と思う。ほとんどの週刊誌のグラビアに若い女の半裸の写真があるが、皆当り前と思っている。よく考えると変だが、よく考えないとそういうものだと納得して、女はその部分を邪魔でパラパラとぬかして本編に入ってゆくが、男はどうも、まずじっくり観賞してうれしい気分で本編に入るらしい。

そういう違いが、一生別々にあるという事は由々しいことではないか。朝から眠るまで、男のささやかか重大か知らぬが、喜びが満ちているとは羨ましい事である。それに代る女のささやかで重大な喜びは何であるか、忙しくさがしてもピタッとわかりやすいものはない。一人一人全く違うのではないか、あるいは全くないのではないか。

よし、どうせサッカーなど、何も知りはしないのだ。顔、顔だけじっくり見てやろう。どこが勝とうが知ったこっちゃない。

当然ながら、ベッカム様に驚いた。映画スターでもこれ位の造型美に恵まれた男は少ない。ブラッド・ピットでさえ、生ぬるく鈍い感じがする。おまけに強い、ずば抜けて強い。体の全ての筋肉や、見えないが、胃袋とか膀胱までが躍動して無駄な動きをしていない様な気がする。そのうえ自分で充分すぎる程それを知っているが、試合中はそんな事はかまっちゃいられないだろう、かまっちゃいられない必死さがさらに美しいという事も知ってるらしい。

どの選手もかまっちゃいられない程懸命であるから、子供が運動会で必死で走ると、他人の子でさえウルウルしてしまう様なものだが、私の目はひたすらベッカム様を追うのである。これは私の意志ではない、目玉が勝手に追っているのである。

そして、どのチームも強い選手が特別に美貌である。韓国のアン・ジョンファン、イタリアの〝イタリアの王子様〟といわれている男、中田もなかなかである。

私は決勝に向かいつつあるゲームに、だんだん気を入れ始めた。すると、目が覚めた時から、何か嬉しく期待に満ちた一日が始まるのである。今日は誰と誰が見られるかしら。

もしかしたら、男一般は毎日この様な気分なのだろうか。私とベッカムなど、何の関係を持つことも不可能である。持とうという気さえないが、見れば、腹の底から小さな喜びがあわの様にプクプク湧いて来る。年を考えよ。国の遠さを思え。しかし、トコトコと電車の中の美人の前に立つ男も同じで、どうこうしようと思うわけではなく、小さな喜びが体中に満ち、また、トコトコと電車を降りるだけなのだろう。

そしてこれは、性欲とも無関係の様な気がした。この判定はむずかしかった。六十四の女に性欲があるかどうか、自分でも判断がつかなかった。無理に掘って掘って掘りまくれば、川底の砂金の一つぶの様なものが見つかるかも知れないが、もしそれを使用せよと云われたら、私はベッカム様のために使用したいとは思わなかった。

無理して、オッペルと象の、象の様に強制されれば、容貌魁偉なレフリー、「羊たちの沈黙」のレクター博士にキャスティングすればピッタリと思われる丸はげの長身の男に使用したいと自分で発見した。私がはるかに若く、絶世の美女であったら、世界の半分位を追いまわしたいと思うかもしれないが、世界に「もし」ということは存在しない。

強い男が美しいという事はどういう事なのか。美しい女が才能に恵まれると、世の中の九九％の女は嫉妬にまみれて、いささかの反感も持たない事はないと思う。あのスタジアムを埋めつくしている熱狂する群衆の大方の男達は、才能とみてくれの良い強い選手に、女が女に持つような反感は持たないのだろうか。まあ、女がキャーキャー騒ぐので内心面白くはないだろう。

世界中から集まった選手団を見ると、私は、私の中にある無知から来る固定観念に驚いた。

アフリカの黒いひょうの様な人達を見ると、私は何も知らないので、この人達、国へ帰ると素っ裸で、お祭りの夜など火の上をとびこえて雄たけびをあげるのであろうか、などと考えている。しかし、多分セネガルの首都などはビルが立ち並び、自動車も沢山走り、世界中の都会と何も変らないだろうと思い至るが、それはそれで残念な気がする。

そして、黒い人達と白い人達が試合をすると、私は、絶対に黒い人達に勝って欲しいと、「それ、やっつけろ!!」などと叫んでいる。茶色い人達と白い人達がたたかうと、当然茶色い人に気を入れる。

韓国の根性に私は驚天した。会場が真赤に怒濤の様に熱狂するのを見て、北朝鮮と同じ民族なのだ、統一がなったら、この人達は倍の根性を発揮するかも知れない。そして胸がドキドキして、どうか日本と対戦しないで欲しい、もしも対戦したら、日本は負けてくれなくては困る。あのしぶといパワーと比べると、日本などまるでお坊っちゃんで勝てるわけがないからと、対戦がなくなって胸をなでおろす。しかし韓国は、人間の力を越えたものを巻き込んで勝ち進んで行った。民族には民族の特質がある。あのすさまじい根性を、かつての帝国日本は見抜けなかったのか。私が帝国日本だったら、あのすさまじい愛国心と根性と能力を持った民族に、決して手出しなどしないのに、と考えただけでも胸がドキドキするが、アン・ジョンファンと中田と比べると、顔も負けたなあとうっとりアン・ジョンファンに目がいって、パチパチと拍手している。

私は少しイタリアに住んだことがあったが、現代のイタリアの男がローマ帝国のシーザーたちの子孫だったとはどうしても思えなかった。昼ひなかから、私みたいな女にも色目をつかって、口笛をピーピー吹いていた。それが戦いにいどんでまなじりを決する様子は、この人達はサッカーの制服なぞより、やっぱりローマ時代のトーガを着せたい顔付きをして、ローマ時代の彫刻にそっくりなのだ。

北欧は、海賊のいでたちで暗い海に居るのがよい。ドイツの男ほど軍服が似合う国民は居ない。と、人がきいたら半殺しにされかねないことが頭をよぎるのだ。本当に無知の思い込みは世界平和の敵である。

そして、決戦。ブラジルとドイツになった。私はもちろん色がついているブラジルに勝ってもらいたいが、少し前からドイツのゴールキーパーのカーンに気をうばわれていた。

何かものすごい顔をしているなあ、とても美男とは云いがたいが、コンドルかワシがえものをしとめる様に、どんな球もあの手の前にはじき返される。あんな亭主が居たら、どんなにぬくぬくとしていられることか。いかなる難しい問題も、家庭という守るべきゴールの前でバチバチたたきおとしてくれる。あんな男に守られて安らかな一生をおくりたいものだ。

私はだんだんドイツに優勝させたくなって来た。しかしついにブラジルが勝った。ロナウドの輝く笑顔、選手たちのはじけ返るよろこびの波。勝利をかちとった男たちは美しい。

その時カメラはカーンをとらえた。カーンはずるずるとゴールの柱によりかかって地面までずり落ちた。そのうつむいた横顔を見た時、私はトルストイになった。「幸せな家庭は皆同じであるが、不幸な家庭はそれぞれ違う」。

勝利は等しく輝かしい。しかし、敗北はそれぞれの異った影を持つ。そして私は思った。ブラウン管の中のこの美しい男は自然に目に入り、望まなくても目がキョロキョロする。そして、心の中に小さな陽ざしがさす。でもそれっきりなのね。その時その時の喜び。人はどんな不幸な時も、小さな喜びで生きてゆける。小さな喜びを沢山発見する事は生きる秘訣にちがいない。男たちは本能的に電車の中で美人の前に立つ。それ程つらい人生なのね。そういう事よね。

ベッカムもアン・ジョンファンも、イタリアの王子様も、自分の家に帰ってしまった。喜びは短く悲しみは長い。

ベッカムは私から抜け落ちたが、カーンに私は未練が残る。

「どこかでカーンの負けた瞬間のポスターを売っていないかしら。コンドルかゴリラの様に球をたたき落としている時じゃないの。出来たらでかい奴」「どうするの」「寝室の天井に張って、目が覚めたら初めて会う人がカーン。悲しいカーンが欲しいのよ」「あんた、本当に面食わないのねェ。でもあの人すごい人気で、カーンの歌まで出来ていて、日本語のバージョンもあるんだよ」「えっ」「ああいうところに女は弱いのね。母性本能かきたてるんだよ」

そういう事なわけ？　理由はわかんないけど、むっとした。

それは、それはね

ここへ来て初めての夏、家の中に黒いものがブンブン入って来たので、はえたたきではたいた。見ると蜂らしかった。ほそ長いくびれた胴に黄色い筋が入っていて、なかなか美しい。胴はとてもかたい。始めはティッシュでくるんで、ごみ箱に捨てた。はえよりはたき落とすのが楽だった。

家中の戸をしめても、どこからか次から次へと入って来る。私の命中率はどんどん上がり、百発百中位になり、いちいちティッシュでくるまないで、ほうきで集めてちり取りに取る時は、大漁になった日の漁師の様な、心高鳴る気分だった。

テレビを見ながら洗たく物をたたんでいたら、二の腕がチクリとして、タオルの中から、死にぞこないの蜂が落ちた。急いで殺した。胴がかたいので、つぶれにくく、はえたたきでたたいても即死しないらしかった。

刺されてから、もしかしたらスズメ蜂かも知れないと思って、昆虫図鑑で調べたら、スズメ蜂の種類は一頁まるごと、沢山いるのだ。この蜂は二番目に大きく描いてあった。

どこの病院に行けばいいのか、急いで衿子さんに電話した。衿子さんはどんな時もあわてふためいたりしないで、ゆっくりゆっくり話す。

「刺されたの？　あー、去年、Kさんの息子さんが刺されて死んだでしょ。車の中で死んでいたのネ。Kさんが体が悪くなったので、息子さんが草刈りの手伝いに来てたのヨ。車の中で死んだから、しばらく誰も気がつかなかったの」「刺されてからどれ位で死ぬの」「すぐ」。すぐなら、もう私は死んでいるかしら、図鑑なんか調べていたんだもの。

「どこの病院へ行けばいいの」「あの、ここは無医村だったの。前はお医者さんが居たの。一人は無免許だったけど名医だったの。そのあとのお医者は獣医だったんだけど人間もみていたの。獣医も名医だったの」。名医ばっかだったんだ。すぐ死ぬなら、私はあきらめた。死ぬならもう死んでいるはずだ。

「無免許の医者はばれちゃったの。だからその人は居ないし、獣医さんは人間みてたのやっぱりばれちゃったから居ないの。でもスズメ蜂に刺されたら死ぬわよ。大変だわね。そーねェ、ハギワラさんのキョウ子さんなら病院知っているから、キョウ子さんに聞くのが一番いいと思うけど」

ハギワラさんに電話すると、「すぐ行きます」と一言だけで、キョウ子さんは電話を切った。あっという間にキョウ子さんが車で来てくれて、あんまりあっという間だから、スズメ蜂に刺されるのは大変なんだとわかった。

「場所教えてくれたら自分で行きます」と云うと、「とんでもない、途中でどうなるかわからないですよ、早く早く」とキョウ子さんの顔はひきつっていた。

でも私は、すぐ死ななかったら死なないだろうと思った。もし死んでも、無免許医と名医の獣医が居た、のどかなかつての村の様子を知って死ぬのは得した気分だった。証拠物として、蜂を一匹、タッパーに入れて持って行ったのは、我ながらえらいと思う。

蜂は、天井のダウンライトのわきからどんどん入って来るらしかった。家の中のダウンライトは十個以上あるので、病院からかえって来たら家中蜂だらけで、家へ入れなかった。その晩は近所のペンションに泊った。また衿子さんに電話して、蜂はどうやって退治するのか聞いた。

また沢山お話を聞いて、アライさんに頼んだ。それが万能の人アライさんと親しくなった始めだった。蜂は風呂場の雨戸の戸袋の中に巣をつくっていた。

春になって、衿子さんちに行ったら、それはきれいな水仙が咲いていた。生れて初めて見た。白い花びらの中の、ひらひらした小さなおわんの様な芯のふちが、一すじ紅色にふちどられている。丸く植えてあった。口紅水仙という名前だとフルヤさんが教えてくれた。

私が欲しがると、フルヤさんは笑って、「素人は花が咲いている時欲しがる」と云った。「いつがいいの」と聞くと、「花が終って、葉も枯れて、球根だけになった時」と云われて、「そーか」と思った。そしたら次の日、衿子さんとフルヤさんが水仙を持って来てくれた。

花もつぼみも沢山ついていた。私が素人だから、「しょうがないなあ」と思ってくれたのだろうか。フルヤさんは「静かに、静かに、花に気が付かれないように」と、そうっとそうっとわたしてくれた。

「よく陽が当たるところがいい」と云われて、心配になった。うちは陽が当たるところが少ないのだ。そうっとそうっとわたしてもらった水仙を持って、ニヤニヤしてぼうっと立っていたら、フルヤさんは「アノ、花に場所が変ったたって気付かれないように」ともう一度云って、衿子さんと一緒に帰った。

私はそうっとすぐ植えたが、心配だった。水仙は本当に気が付かないだろうか。私は念のために「あんた、どっこにも植えかえてないからね」と花に向かって云った。

次の春、三本咲いた。衿子さんちで咲いていた時より少し小さい気がした。

「あんた、ここはうちじゃなくて衿子さんちの庭だよ」と白い小さい花に向かって云った。やっぱり少し陽が足りないのかしらん。

わたし、この花絶対に守る。だから前の庭のから松を、十七本も切ってもらった。人には「台風が来てから松が倒れると家がつぶれるから」と云った。七十年たったから松は、地ひびきをたててドウドウと倒れた。七十年の命をドウドウと倒した。大きなクレーン車が、太い幹を、ゴーッとトラックにのせた。

もう花は咲いていなくて、葉っぱもなくなった何にもない地面に向かって、「あんたしっかり生きるんだよ」としゃがんで云った。

友達が「ねえ、年とると、独り言云うようになるよ」と、ある時云った。「へえー、そうなの？　私はまだ云ってないと思うよ」としらばっくれて、水仙の事を思った。

フルヤさんはミツ蜂を飼っている。熊が来るので、屋根の上で飼っている。季節によって巣箱をどこかに置きにゆくのに、ついて行った事がある。

それがどこだったか覚えていない。

ただただ空が広くて、かたちのいい木の下に巣箱があった様な気がするが、もしかしたら行った様な気がするだけかも知れない。大きな帽子をかぶった、長いスカートをはいた衿子さんが、ふわりと木の下に立っていた様な気がするだけなのかも知れない。

フルヤさんはキリストと同じ顔と体をしている。私は時々、不安になる。フルヤさんがヨーロッパの田舎なんかを旅行している最中、あんまり出来のよくない十字架のキリストがぶらさがっている教会の教区の人がフルヤさんをみつけたら、たちまち、まる裸にして十字架にかけてしまいはしないか。フルヤさんは神様みたいに静かな人だから、「僕が気がつかないようにそうっとはりつけにするんだったらいいよ」と答えそうな気がする。

ある日衿子さんちに行ったら、フルヤさんがはちみつをしぼっていた。青いドラムかんの中に四角い木枠にびっしり張りついた巣をセットして、ぶんぶん回していた。嘘みたいにたらたらはちみつがたまってゆく。たまったはちみつは、ドラムかんについている蛇口からビンにうつす。

「えー、蜂飼っているの、趣味かと思った」と云ったら、目が笑っていて、黙ってぶん回している。フルヤさんはいつも目が笑っていて、とても静かなので、私が野蛮人か野良犬になった気がする。台風の日に、巣箱のふたがしまって、蜂が全部死んでしまった事があると教えてくれた。台風の日なんか、何回も屋根に登ったりするんだ。たらたらたれるはちみつは、本当にありがたく貴いものだと思った。

なめたら夢の様な味がした。フルヤさんは二びんもくれた。一つは栗の花の蜜で、もう一つは「野の花」と、フルヤさんのイラスト入りのラベルがついていた。こんなに気前よく二びんもくれるなんて、フルヤさんはやっぱりキリスト様だ。私は宝物の様にチビチビなめた。バタートーストにはちみつをぬって食べると、うっとりした。売っている水あめ入りのはちみつ食っている全国の人達に向かって、「あっははは」と笑いたくなる。

お客が来ると、私は自分が作ったものでもないのに、自慢して恩きせがましく、「本当のはちみつ」にうんちくをかたむけた。

ダボダボ平気で、大量のはちみつをパンの上にたらしたりする男なんか居ると、私は机の下でこぶしを固めて、じっとみていた。お前、違いがわかるのかと心の中で叫んでいる。

それから毎年、はちみつをもらった。衿子さんが「まだはちみつある？」と聞いてくれると、衿子さんはマリア様に見える。

ある年の暮れ、友達が来ておせち料理をこの家で作った。きんとんを作っていた最中、水あめが足りなくなった。友達が「サノさん、このはちみつ入れていい？」と云った時の私の反応はすごかった。間髪を入れず、「ダメ!!」と叫んでいた。友達はむっとした風だった。

「それは、それは、それはね」「わかった、わかった」と、ツンツン答えている。私はとんでもないケチだと思われている。でも「それは、それはね」と、心の中でいつまでも云っていた。百キロの砂糖は使ってもいいけど、それは、それはね。

ちょっとなめて、花の香りと共に、木の下に立っている衿子さんや、青くて広い空や、野原の花や大きな栗の木が混然一体となって、口中にひろがるのを夢みたいに味わうのよ。ゆっくりそれが体中にひろがるのを感じるのよ。それは幸せってものなのよ。

次の年の暮れに、あの友達は、「ほら、水あめ沢山買って来たからね」と、ドンと水あめを机の上においた。あれはね、あれはね。まだこの人、私の事をケチだと思っているのかしらん。

フルヤさんは蜂を、西洋ミツ蜂から日本ミツ蜂に変えた。日本に日本ミツ蜂はうんと少なくなったそうだ。それに飼うのがすごく難しくて、とれる蜜がとても少ないそうである。商売になんかとてもならないので、なおさら日本ミツ蜂は希少になった。

アライさんは、「売っているはちみつは、蜂に砂糖水を飲ませているから、いくらでも蜜がとれるでノウ」と、何でも知っている。「日本ミツ蜂の蜜は、昔は薬に使っていて、うーんと体にいいでノウ」。それも、フルヤさんはくれた。

なめるとサラサラしている。もはや私にとって、それははちみつというものではない。東方の三博士が、キリスト誕生の日に持ってきた没薬《もつやく》というものと同じだ。没薬とは何か知らぬが、きっと日本ミツ蜂の蜜だったのだ。

しかし、私の家中に真っ黒になっていたスズメ蜂から、はちみつはとれないのだろうか。あれから二度スズメ蜂に刺されたが、私は全然死なななかったから、スズメ蜂を飼うのに適しているかも知れない。

アライさんに聞いたら、「子はうまいがノウ」と云った。

そうならいいけど

金物屋の「ウチボリ」に軍手を買いに行った。店の前のベンチにウチボリの小母さんがうちわを持って坐っていた。「奥さん、いいんの着ているねェ」と私のつりズボンを見て小母さんは云った。

「あのネ、これ自分で作ったの」「アレマー、奥さん器用だねー」。私は器用ではない。

「これ、つむぎでしょうがね」「あのね、古い着物沢山もらったの。それほどいて作ったの。この着物くれた人百一歳なんだよ」「アレマー、百一歳、あやかりたいものだねー」

私は突然つまった。私は長生きは地獄だと思っているので、百一歳にあやかりたいと素直に表明する人が、この世に居ると思ってなかった。ああ、昔の人は長生きを皆で祝福したのかも知れない。本人も長生きをありがたく感謝していたのだろうか。

遠い昔、八歳の時、しばらく父の田舎に居た事があった。

いとこのあっちゃんちのお祖父《じい》さんは、長いこと村の哲人の様な存在で、中国の仙人みたいに白いひげをたらし、艶の良いつるっぱげで、土蔵を書斎にして、和とじの本を沢山つみ重ねて端然と正調隠居というものをしていた。あとで聞いたが、じいさんは三十五歳から隠居していたそうだ。

あっちゃんの宿題は全部じいさんがやっていた。

樹齢二百年と云われた、村中で一番立派で形の良い松の木が庭にあり、あっちゃんちは村の一番高いところにあったから、その松は村中を見下ろし、貧しい村がその松のためにずい分格調が高くなっていた。

松の木の前の縁側で、あぐらをかいている白いひげのつるっぱげの中国の仙人みたいなじいさんは、風呂屋のペンキ絵が日本の風景の象徴であまりに型どおりで笑えてしまう様に、日本の正しい老人の絵姿で、なかなか気むずかしくいかめしいのも笑ってしまう様な景色だった。

その仙人めいたじいさんは孫のあっちゃんにはめっぽう甘く、ある日遊びに行ったら、あっちゃんはじいさんの白いひげを三ツ編にして、その先っぽを赤い毛糸でしばっていた。赤いリボンが四つも五つもじいさんのあごの周りでピンピンはねていて、「じいちゃん、動かねェでくれろ」とあっちゃんはいばっていた。

「じいちゃん、めんこいら？」とあっちゃんは云うが、じいさんは赤いリボンをぴんぴんゆらし、いかめしい顔付きをしているのだ。

大人になってあっちゃんに会ったら「ハァ、死ぬ前にじいさんはきれいに呆けちゃっただよ。ただただニコニコしているだけだったヨウ。ニコニコ笑うようになったら、ハァ、長くはねェだね」と云われた時も、世の中こんな大量の呆け老人は居なかったのだ。

「じいちゃん、うーんと気むずかしかったで、母ちゃん苦労してただけんど、死ぬ前に唯ニコニコして〝すまねえノウ〟だの〝ありがてえノウ〟とか、唯ニコニコしていたで、仏になっちまっただね。母ちゃん、うーんと楽になっただよ」

その時も、呆け老人をのどかに牧歌的に思い、あの世への橋を渡る準備に仏になるのは、死への一つの理想のように、ぽかぽか陽のあたる風景に思えていたのだ。

それから五十年。すさまじい呆け老人を目のあたりにする様になった。

呆けて十四年、最後の二年間は体重二十四キロ。さわっても体温というものではなく、机や椅子と同じ温度、ほとんど死体。どこで区別するのだろう。意識が混濁し、娘の名前もあやふやになり始めた頃、最後まで、私のことをジロチョーさんと呼び、冷たい手で私の手をつかんでいた友人の母。

そして、わかっているのかいないのか、「ジロチョーさんはいい子です」と云ってくれたのが、あの人と交わした最後の言葉になった。わたしを「いい子」と云ってくれたのは生涯あの人だけだった。

激しい人生を、背すじをのばして誇りに支えられていたあの魅力的な女性はどこへ行ってしまったのか。変り果てた小さなオブジェの様な人を見ると、私は感想というものを持てなかった。

別の友人は、徘徊する母親の腕と自分の腕とをひもでまきつけて、何年も看護をし、あびる様に酒を飲んでいた。そして母の通夜の晩、脳出血で自分も死んでしまった。その時も私は感想を持てなかった。どんな感想も言葉もその事実の前に無力だった。

人は長生きしすぎたのだ。

七十七歳の母をヨーロッパ旅行に連れていったことがあった。スイスのユングフラウのふもとの、ハイジが走り回っている様な村を見下ろして、母が「ここで死んでもいいわ」と喜んでいた時、空からイン石が母に命中して絶命していたら、母は幸せのまま天国に行かれただろうかと思うことが時々ある。あれから十一年、母は、私は誰？　ここは何処？　今はいつ？　と、不条理劇の主人公の様である。たまに本当の不条理劇を見ると、「お前ら、甘いわ。言葉の不条理劇なんか、うちの母ちゃん見たら、参った、ゴメンと頭下げちゃうぞ」と、私は毒々しくなる。

それでも私はまだ甘いのだ。この村で暮し始めて、自然と一体となって、大地をふみしめて労働している人は、あっちゃんのおじいさんみたいに、牧歌的に老いているのだろうと思っていた。

アライさんちに遊びに行ったら、「昨日葬式でノウ」と云うので、「えっ、誰が死んだの」ときくと、「隣のバアサン」と畑の向う《ほう》を指さした。隣もはるかである。

「家で死んだの」「いいや、からまつ荘だ」「呆けてたの」「そうさな、あのうちはうーんと苦労しただ」。田舎で農業やっていても呆けるのか。「私、田舎の人は呆けないかと思った」

「このへんも、うーんと苦労しているだ。とっとこ家から出ちまって、山の中に入っちまった人も居るでノウ。あっちう間に出て行っちまうでノウ。二日目に山で死んでたノウ。山に入っちまったら、さがすのうーんと苦労でノウ。ふらふら歩いていて、車にひかれて死んだ人もいるでノウ。ひいてしまった人は気の毒だノウ」。アライさんは偉い。いつもフツーの声である。

私は深く追求するのが遠慮された。

隣の赤い屋根の上に浅間が煙を出して、浅間もフツーにそびえていた。

百一歳の人の着物をほどいた。何十枚もほどいた。着物は不思議だ。ほどきながら、私は会ったこともない百一歳の人が、この着物を着てどこに行き、何をしたのだろうと思う。

黒い紋付きの羽織が何枚もある。喪服も沢山ある。誰のお葬式に行ったのだろう。一生のうちに、一体どれ位お葬式に行くものだろう。自分の親族、夫の親族、あるいは夫の同僚の法事にも行っただろう。夫の葬式にも着ただろう。三ツ指をついて、何度もおじぎをしただろう。義理で行った葬式も、涙を流した本当に悲しい葬式もあったろう。

紺色の夏の絽もあった。水の流れる地紋がついていた。会った事もない百一歳の人が、日傘をさして、橋の上から下をのぞいている様な気がする。百一歳の人は若くて美しい。ほっそりしていて白い指をしている。不倫なんかしていたら素敵なのに。

私はどんどん着物をこわしてゆく。その人の思い出もびりびりこわしている様な気がする。

着物は不思議だ。呉服屋で、この着物が欲しいと思う時の心のはなやぎは、多分どんなブランド物の洋服が欲しいという思いとは違う、ものすごく深い欲望なのだ。帯締一本からでも無限に広がる楽しさは、着物を着た人にしかわからない。この人がこの沢山の着物を手に入れた時の心の躍りが、着物をバリバリばらしている私にも伝わって来る。

この人は百一歳まで洋服を着なかったそうだが、中にはほとんど一世紀、彼女の肌にふれ続けたものもあるだろう。それを見も知らぬ私が分解して、洗たく機にほうり込んでいる。彼女の一生が、こうして消えてゆくのだ。

私は自分の着物を考える。たいして着もしなかったが、その一枚一枚に、意気ごんで、迷い悩みながら手に入れたものへの執念は、私なりにあるのだ。出来たら誰にもやりたくない。棺桶につめ込んで焼いてもいいから手離したくない。次の世代は着物を着る人など居ないだろう。まとめてゴミに出されてしまうかも知れぬ。大島も八丈も区別出来なくて、ただ邪魔なものになって消えてゆくだろう。呆けちまったら、生きているうちに捨てられるだろう。あの桜の帯も、大切なバショウ布の帯もと思うと、口惜しくて泣きそうになりながら、百一歳の人の着物をこわす。

呆ける前に好きな人にやっちまいたいが、まだ少し早いと思っているうちに呆けちまうのだろう。どんな高い洋服でも捨てていい。でも着物は嫌だと思い、会ったことのない百一歳の人の一生をいとしく思い、アイロンをかける。

絹物は、さき織をする友達のために、ダンボールに入れる。ダンボール二個になった。着物から洋服を作る人にも面白そうなものをより分けた。沢山のウールの着物が残った。ふだん着にウールは安くて丈夫であたたかかったのだろう。よく着物を着るうたいの先生に聞くと、「ウールはいらないわ、家でふだん着ることないもの」と云われた。それでも私は分解してバラした。

私が作ったつりズボンを見て、友達が欲しいと云うので、ウールの着物で作ってあげた。次から次へと友達が欲しいと云うので作ったら、十五本も私はズボンを作っていた。便利で楽なのだが、それを着るとみんなペンギンみたいに見えた。私は少しほっとした。少なくとも無駄にはしなかった。しかし、友達三人がペンギンパンツを着て家に現れた時は、四人で大笑いした。みんないいババアなのだ。

マコトさんはペンギンパンツの私を見て、「何だ、ずい分安上がりななりしてるなァ」と云った。

私が一心不乱にパンツを製作している最中に、百一歳の人の息子は突然七十二歳で亡くなってしまった。百一歳の人は、もうずい分前から息子も嫁も分からなくなっていた。そして誰も百一歳の人に息子が亡くなった事を告げなかった。告げて何になろう。

ウチボリの息子さんは柔和な目付きをした優しそうな人で、店で木彫りをしていた。かなりでっかい仏像なんかを彫っている。まねき猫みたいな顔をしていると思ったら、すごく小さな木彫りのまねき猫をくれた。

「お宅のお母さん、百一歳まで生きてるよ」「そうならいいけど」と息子はまねき猫の目で答えた。

今年の紅葉はとりわけて見事だった。車で走っていて、思わずウァーとも、ギャアーとも云えぬ変な声が出て、息がつまりそうになり、思わずブレーキに足がいってしまう程なのだ。

少し雨が降った午後、アライさんの奥さんを誘った。雨が降らなければアライさんの奥さんには閑《ひま》がない。アライさんの奥さんは「わたしは秋が好きだねェ」と云っていたからだ。私達は、「ほらほら」とか「アレェー」とか「見て見て」とか云いながら、紅葉のトンネルを走った。「長生きしたい?」ときくと、「来年も見たいねェ」とアライさんの奥さんは云った。

ペンギンパンツよ、お前もどこかの紅葉に息をのんだこともあるだろう。見よ、見よ、この世の美しさを見よ、私はペンギンパンツをさすりながら思った。

納屋、納屋

深大寺のそばに住んでいたとき、近くの民家に巨大なこぶしの樹のある家があった。早い春になると、ぼんやりした空に真っ白な気球の様なこぶしの花が浮いていた。どんなに金が無くても、どんなに我が身がままならなくてもその巨大な真っ白な花の固まりを見ると、ア、ア、ア、とか、ウーとか感動せずにいられなかった。腹の底から喜びが湧き上がって来て、喜ぶ自分が、嬉しいような、いまいましい様な気がした。

花が散り始めると、私はもう来年のこぶしの花を待っているのだった。ある年、どうしてもそのこぶしの花がみつからなかった。切り倒されてしまったのだ。何故何故？　私の目は空しくぼんやりとした春の空をうろうろうろうろついている。何年も、そこを通ると私の目はうろうろして、大きな喜びが切り倒された事を確認して腹が空いている様な気がした。

ここの春はいっぺんにやって来る。山が笑いをこらえている様に少しずつふくらんで来て、茶色かった山が、うす紅がかった灰色になり、真っ白な部分と、ピンクのところとが、山一面にばらまいた様に現れる。こぶしと桜がいっぺんに咲くのだ。くそ面白くもない毎日をすごしている私は、いとも軽薄に、腹の底から踊り狂う様に嬉しくなる。やがて山がサラダ菜の様な若葉になると、私はまた来年のこぶしの咲く山を待っている。

私が死んでも、もやっている様な春の山はそのままむくむくと笑い続け、こぶしも桜も咲き続けると思うと無念である。

ヒロナガさんとノンコの夫婦が、この村に家を建てたいと云って来た。私の喜びはいかばかりか、私にしかわからない。土地さがしを始めた。何ごとにも徹底的なヒロナガさんは、あっという間にこのへんの地理は私よりずっとくわしくなった。スーパーに行く近道さえ見つけてくれた。ヒロナガさんは浅間がどーっと見えて、前が広々した土地に執着した。

徳川の殿様の末裔と云われる人が、そういう景観のところに住んでいた。私は殿様のところに「ここはどうして手に入れたか」と聞きに行き、白い犬に吠えられて、不動産屋を教えてもらった。その不動産屋がマコトさんだったが、マコトさんは「このごろ俺、土地売ってないなあ。なあ、アケミ」と奥さんをふり返るのだ。

「今年一つやったじゃない、電気も水もないところ、百五十万円で弁護士の人」

「そこに家建てるんですか」「そーいうところがいいって、変っているんだよ」

何故か私達はマコトさん夫婦とすっかり仲良しになってしまった。土地を案内してくれながら「ここはあんまりいい土地じゃないね。もっとぽおーっとあったかい土地がいいんだがなあ」などと云う。土地の半分位をしめている大きな岩がある土地に連れていって、「どうするこの岩」と岩をたたきながらげらげら笑ったりするのだ。

半年たった。女房のノンコはだんだんいらついて来て、どこに案内されてもい土地がきまりそうになった時は、家で祝杯を上げたが、「祝杯上げるとエンギが悪いんだよなあ」とマコトさんは云い、その通りになってその話が流れた時は、「わたし、ここでいい!!」と叫ぶようになった。競売にかけられているとてもい土地がきまりそうになった時は、

本当に落ちこんだ。

ヒロナガさんが、土地の予算を少し上げようかと相談すると、「いや、それはやめた方がいい」といやにきっぱりマコトさんは云う。

ほぼ一年たった。

ヒロナガさんの執念は天に通じた。一年前、「ここはじいさんが死なないと無理なんだよなあ。こういうところがいいんでしょう」とマコトさんが云うと、「ええ、こういうところが」とヒロナガさんは黒目を上にあげて、その黒目にわがままな子がおもちゃを欲しがるような一念が見えた。浅間がどーんと見えて前が草原だった。「そのじいさん死にそうじゃないの?」と聞くと、「無理だなあ」。

私は「じゃあ、こんなところ見せないでよ」と腹が立った。お正月が過ぎたころ、マコトさんのお父さんの方が死んでしまった。

それからもいくつか土地を見せてもらい、ノンコはどこでも「わあ素敵、わあ素敵」と叫び、ヒロナガさんは「うーん」と云うばかりだったが、どういうわけか知らないが、ヒロナガさんが一念をこめた理想のあの土地が、するするとあっという間に決まった。私はじいさんが死んだのかどうか聞かないようにした。今度は祝杯を上げなかった。

ヒロナガさんは始めから、どこかの古民家を移築するつもりだった。私達は土地が決まる前から、野越え山越え、古民家を見にいった。土地が決まる前に設計する建築家は決まっていた。私はいかなかったが、ヒロナガ夫妻と建築家は、東北の方まで何度も何度も古民家をさがしにいっていた。土地が決まった時と古民家がみつかったのと、どっちが先だったか忘れてしまったが、写真を見せてもらうと、とんでもなくでっかいわらぶきの農家で納屋までついていた。

私はよく知らないが、古民家の解体も移送も大変らしかった。解体した柱もはりにも番号をつけ、解体したあと燻蒸するとか、気が遠くなる様な作業があるらしく、ヒロナガさんの執念か運かわからぬが、ボランティアの学生を二十人以上も集めて解体作業を終え、古民家移築に熱心な工務店の若社長も居るらしかった。

春になった。今年も山にこぶしと桜が咲いた。マコトさんがヒロナガ夫妻が来た時、「ちょっと、すげえでかいこぶしがあるんだけど見に行くか」と云うので、「行く行く」と云って連れていってもらった。農家の庭先に、遠くから見ると昔深大寺の近くにあったあのこぶしと同じ位の大木があり、粉をまぶした様な丸く見えるやっぱり気球の様なこぶしが真っさかりだった。私たちはうつろな夢の中にいるみたいにボオーとした。

「これ切っちまうって云うで、俺がもらって根切りはしたんだけど、運ぶだけで百万以上かかるって云うで、あきらめたんだけど、これ切っちまうのはおしいんだよなあ」「どうして切るの?」「家を直すのに邪魔なんだそうなんだけど、ヒロナガさんいらないか」「うーん、百万か、無理だよなあ」。私は聞いた。「木の値段は」「ただよ」「木はただ?」「そう、でもね、これだけでかいと、移植してもつくかつかないか、まあかけだよなあ」

するとと、木を見上げていたノンコが「これ私が買う。私のお金で買う」と叫んだ。ヒロナガさんが、目をまんまるくして「ノンコ、買うって」と云うと、「私ヘソクリがある。あるのヨ。マコトさん私買います」ときっぱり云った。「ノンコ、でもかけだよ、つくかつかないかわかんないよ」私も驚いて常識人になった。「いいの、それでもいいの。ああうれしい」

その夜、建築家のイゴウさんも一緒にごはんを食べた。ノンコも私も興奮状態で「絶対つくよね」「そーよ、つくって決めればつくわよ」とはしゃぎまくった。「女ってすごいよなあ」「いやあ度胸がちがうよなあ」と男達は云ったが、私は男たちが、心の底から女のノンコを尊敬し、ひれ伏しているのがわかった。人類はいつもそうだったのだ。

「あれ一本で、家が立派に見えますよ。場所が問題だなあ」

六月の終りに移植することに決まった。

その日の朝移植を見にゆくと、九トントラックに、見たこともない様な大木が根っこをわらで丸くていねいにつつまれて、幹もわらがしっかり巻かれてななめになってのっていた。根っこの直径は人間の丈の倍くらいあった。

その大木がクレーンで持ち上げられて動いた時、私はグランドキャニオンをはじめて見た時と同じ状態になり、わけがわからず、ム、ム、ム、とせき上げる様な気持になり、うっすら目に水が張って来た。

「ほれ、あれがカブキよ」とマコトさんが植木屋の棟梁を教えてくれた。少し前、「それがカブキの役者の様にいい男なんだよ」と云っていたが、私は気にもとめなかった。カブキは細身の中年男で口ひげをたくわえて、手下にいろいろさしずしていたが、私は「フーン」と云ったきり、木の方に気をとられていた。

地面にななめに横になった大木が、またクレーンで持ち上げられて巨大な穴に立てられ、私はまたもやグランドキャニオン状態になっていた。カブキが巨木にするする登った時、私は、む？　と思った。ノンコを見ると「ちょっとォ。地下たびってかっこよくない」と小さい声で云うのだ。

カブキは頭を手ぬぐいで巻いていた。「あのてぬぐいそのへんのものじゃないよ」と云う。カブキは体重が無きがごとく、あちらこちらをとび移り、子分に指示したり余分な枝を切ったりしているが、無駄な動きというものがなく、サッカーの名人と同じに思える。

大股を開いて片足を上の枝にかけたり、ひょいと次の枝にとび移ったりする時、「あんた、地下たびよりかっこいいはきものないね」と私もノンコに云っていた。お茶になった時、私はカブキのところにいって、「その手ぬぐいどうしたんですか」と聞くと、「あ、これ、女房が作るんです。ここが久留米がすりで、こっちは何て云ったかなあ」とパッチワークになっている手ぬぐいを見せてくれた。

午後の作業を私達は地面にしゃがんで見ていた。「あれ、女房いるよ。手ぬぐい、女房が作るんだと。いつも全体をブルー系でまとめるんだと」。私が云うと、ノンコは「いやーね、女房いるの。ちょっとヒロナガさん、オペラグラス」と命令して、カブキを拡大して見入っていた。

木の高さは二十二メートルあった。木を埋め終ったあと、カブキが幹のまわりにも円形にわらを並べた。ミステリーサークルの様に放射状の美しい形になった。カブキはどこからかのし紙のついた一升びんの酒を持って来て、わらの上にまんべんなくふりかけた。「へえー」と私は感心した。そしてみんなで木に向かってかしわ手を打った。その時、私は絶対この木はつく、おみきまであげたんだから、神は見ていると信じた。

私達は興奮状態で家に帰り、食事をした。「ねえねえ、早く春になるといいと思わない。ああ、うちの庭に、あーんな大きなこぶしが咲くの」。ノンコは笑いっ放しで「あの棟梁かっこよかったわよねェ」と女たちが盛り上がると、ヒロナガさんが、「俺だって地下たびくらい持ってるよ」と云う。ノンコは「そんな出っ腹でェ」と相手にもしなかった。

「ほら、手ぬぐいだって持っているんだから」。ヒロナガさんはポケットから手ぬぐいを出した。かわいいウサギちゃんが一面にはねている灰色の手ぬぐいだった。

費用は六十万円だった。「あんた、どうやってへそくりためたの」とノンコに聞くと、「ヒロナガさんが出張して一晩あけると、一万円とっていたの。私に淋しい思いさせるバツなんだから」。女は偉い。本当に偉い。

それにしても私は何と運のいい奴だろう。私のものでもない深大寺の近くのこぶしを失って、何年も何年もあの大きな木を惜しんだのに、まるで生まれかわりの様なこぶしがノンコんちのものになった。真っ白なこぶしの大木の向うに浅間山さえあるのだ。私は運がいい。

「花が咲いたら、縁側で、お茶のもうね」「縁側あるんだ」「長ーくて、広ーい縁側があるの」。古民家の平面図を見せてもらった。「この部屋何？」「わたしの部屋」「これは」「これも私の部屋」「じゃこっちは」「これも」「ヒロナガさんのとこは？」「納屋、納屋」

女は偉い。こぶしの花にまみれて、本当に女は偉い。

フツーじゃない？

近くに「尻焼温泉」という、いやに具体的な名前の温泉がある。名前だけは知っていて、一度聞いたら忘れない名前である。

衿子さんちに食事に招かれた時、私の知らない人が大勢居た。その中の一人の小父さんが、「おれは尻焼温泉に、仲間で温泉場を作っちまった」と云う。どういう事なのか。尻焼温泉は温泉の川なのだそうだ。熱い水が流れている川など、私は見たこともなかった。

誰でも入れるのかと聞くと、誰でも入れるそうだ。しかし裸で川に入るのはなんだもんで、小父さんは、仲間と六畳位の四角い場所をコンクリで固めて屋根と囲いを作って、自分たちだけで入っているそうだ。「本当は違法だけんどもよ」と云う。

酪農家のセッチャンは、女手一つで沢山の牛を飼って、子供三人を育て上げた猛烈に元気な人で私よりずっと若い。朝四時に起きるそうだ。牛の品評会で日本一の牛を育て、セッチャンの牛といえばたいしたもんだ、と小学校でセッチャンと同級生だったマコトさんに聞いた。そのセッチャンが、「私もよく行く。疲れると夜十時頃から出かけることもありますよ。たいがい誰もいないですよ。あそこは本当に疲れがとれる」とサラサラ云った。

場所を聞くと、小父さんが地図を書いてくれた。「道のわきにけもの道みてえな細い道があるで。そこんところに侵入禁止の札が下がった綱があるで、その綱をまたいでずっと行くと、青い囲いが見えるからすぐわかるで。六合村《くにむら》の一本道を行けば迷うことはないで」

次の日の日暮れ頃、あてもなく走っていた。そうだ、尻焼温泉に行こう。女のセッチャンが夜十時過ぎに行くっていうんだから、そんな遠くないはずだ。

長野原についた頃は、ほとんど暗くなっていた。六合村方向の道に分れた頃は真っ暗になっていて、家なんか一軒もなくなっていた。そう云えば、六合村はやたら細長い村だった、と地図を思い出した。尻焼温泉はその地図のいちばん上にあったっけ。私はどんどん登り坂を走った。左手はものすごく深い谷のはずだが、暗くて、ただ真っ暗な闇が固まりになっているだけだ。家もあかりも全然ない。ただただ黒い固まりの中をつき進んで行くだけである。

だんだん不安になった。二十分走っても対向車は一台も来なかった。後から来る車もない。おまけに闇夜である。怖いなあ、怖いなあ、淋しいというのとちがう。怖いなあ。三十分走ってもただ闇の中である。胸がドキドキし始めた。引き返そうかと思ったが、ここまで来たのだ、口惜しいと思った。しかし、こえーよう。

また二十分走ったが、怖さが、闇そのものになって私を押しつぶして来て、その怖さは、熊がとび出して来る怖さとか、ピストルを持った強盗がとび出して来るとかという種類のものではないのだ。何か寒イボが立って来たなあ。もし熊が出て来たら、「ああ、よかった、怖いよう」と、熊のふところにとびついて行きたいと思うような妖気をはらんでいるのだ。

私の父は、五歳で死んで土葬にした弟を、一年たって夜中の二時に掘り起こしに行った異常な度胸の人だったが、一生のうちでいちばん怖かったのは、高等学校の時、伊豆の山の中で一晩野宿した時だったと云っていた。その時父は友達と二人だったそうだが、山の恐ろしさは特別だと云っていたのを思い出した。

父が云った怖さとは、妖気とも霊気ともわかんないこれなのか、と私は車の中ではじめてわかった様な気がした。何故かわかんない。私は引き返すことさえ恐ろしく、ただつき進むのだ。怖さのグレードが一定になることはなく、どんどん重なり、重なる一方である。

そのうちに、ドキドキの中にワクワクという気分が混ざり込んで来た。とんでもない冒険にただ一人で挑んでいるヒロイックな気分が、恐怖とまぜこぜになって来た。おお、私は生きている。激しく生きているなあ、と恐怖は私に教えるのだ。

その頃になると、何がなんでも目的を達成せねばという使命感も出て来たのである。ああ、冒険家という人達は、この気分のスケールがでっかい奴なのだ。私が引き返さなかった様に、奴らもつき進むのだ。しかし私もうがまんできんかも知れん。

すると、一本だけ街灯がついているところがあり、そのすぐ先に橋がかかっていた。私は街灯の下に車をとめた。ふーっ。ふう。しかし橋の下の水が温かいかどうかわからない。橋のわきにロープがはってあり、侵入禁止と書いてある札が下がっていた。私はまたいで進むと、ほんとうに道とは云えない、草をふみ倒した様な場所を、手さぐりで進んでいった。しかし川ははるか下を流れている。小屋など真っ暗で見えない。私は四つんばいになった。そしてほとんど垂直になっている土手をすべり降りた。したたかにひざを打ったが、私は四つんばいのまま水にさわった。生温かかった。ここだ。しかし、もっと熱い所があるはずだ。

大きな石がごろごろしていた。私は黒い靴を大きな石の上にのせ、となりの石にジーパンをのせた。そして大きな石をさわりながら少しずつ歩くと、急にドボンと深みに落ち、胸まで水に浸った。私はパンツをぬぎ、白いTシャツを石の上にのっけた。素っ裸になったが、誰も来ないから平気だった。その上自分の手も見えないほど暗いのだ。そして四つんばいのまま、あちこち水をさわり、丁度いい温度のところを執念深く探した。

するとあったんですねェ。へっ、あつい位。丁度頭をのっける石もあり、体全体がすっぽり入るところが。私は長々と体を伸ばし空をみあげた。星があるじゃん。人の目って、猫みたいにだんだん暗闇の中が見える様になるのね。私は自分の体がぼんやり見える様になった。あれえ、足が長々と白くって私って人魚みたい。六十過ぎて自分の体が人魚に見えるって素敵。

遠くにあかりが見えた。あれが旅館なんだあ。もう全然怖くなかった。さて帰るか。すると、どこに洋服をぬいだか見えない。じっと目をこらすと、遠くにかすかに白いTシャツが見えた。また四つんばいである。Tシャツにたどりつき、パンツをはいた。しかし黒っぽいジーパンは見えないのである。この時はあせった。泣きたくなった。手さぐりで石をたたき歩いた。ジーパンをたたいた時、ほんとうにほっとした。

しかし土手を登ろうとしても、どこを自分が降りて来たかわからない。土手はそそり立っていて、道なんぞ見当もつかないのである。もしかして道がなくなっちゃったのかも知れん。あれは道ってもんじゃなかった。

もうどこでもいい。がけだって道はちょっと段に見える。何かが見えることはなかった。登らにゃならん。私は細い木をつかんだ。すると木はひっこぬけて、私はしたたか腰を打った。ちがう草をかたまりでつかんだ。すこし上へ来た。大きな石があったのでそれに手をのっけた。石はごろごろと私と一緒にころがるのである。私はまた石の上に、今度はかえるみたいにのびていた。

私はどうしてよじのぼったのか、今ではわからない。無我夢中ってのはこういうことだ、と思ったのしか覚えていない。しかし、どこまでよじ登っても道なんかないのである。もういい。私、熊になる。きつねになる。いのししになる。枝がはねて、蔦みたいなものにひっかかって、来た方と思われる方にソロリソロリと歩くと、突然太い木にぶちあたったりする。

車をおいた街灯が見えた時は、ああ、助かったと思った。エベレストに登った登山家が、ベースキャンプにたどりついた時はこういう気分であろう。うん。帰りは全然怖くなかった。私はいっぱしの冒険家になった気がした。スケールは違っても、なんだか私は前人未踏の快挙をなしとげた気分だった。するとこれを誰かに、自慢たらしく報告したいと思うのである。私が人魚だったこと、あの星空のこと。

ちょうど友達が近くの別荘にきていたから、私はそこに行って、玄関で、「尻焼温泉に行ってきたぞう」と叫びながら中に入った。

「あんた何、泥だらけで。それに腕から血が出ているよ」。両腕にひっかき傷が沢山ついていたが、私は痛いとも思わなかった。でも見たら急に痛くなった。私は元気よく、自慢たらしく、私の誇らしい冒険を、細部にわたって話した。

すると友達は一言、あんた普通じゃないよ、とはき捨てて、少しも感心してくれない。その反応は、私が、太平洋を一人でわたった堀江青年や植村直己に対して、なんなのあんたたち、金かけて命かけて、なんで何の役にもたたんことするわけ？と思うのと同じだった。

自分が嬉しいだけでしょ。誰も見たことない雄大な美しさで死ぬほどうれしいんでしょ。やるなら天涯孤独な奴だけがしろよな。妻や子や親や兄弟がいる奴はやめろよな。雄々しく孤独に大自然と戦うのは、そら命かかっているから面白いだろうが、面白いのは自分だけじゃん。死ぬかも知れんとわかっているんだから、行方不明になっても、大金かけて捜したりしてやんないでいいと思うの、私は。

いつかエベレストをあおぎ見た時思った。私はそのあまりの神々しさに畏怖を覚え、自然は神々と共にある。この神聖なものに人はただひれ伏し、人間の小さな心が喜びと敬虔な気持を呼びおこされる奇蹟に、人が犯してはならぬことを教えるのだ。ここにずっと住んでいる人達にとって、あの山々は神そのものであり続けたのだろう。

あの神そのものであろう神聖なものに登ろうとした恐れを知らぬ馬鹿がいた。神そのものを土足でけがす、人としての感受性を失った馬鹿たちがいる。私はエベレストをあおぎ見てムカムカした。エベレストが汚い人間にレイプされた気がした。「何故山へ登るのか」と普通の人は思ったのだろう。「そこに山があるから」。「何故レイプした？」「そこに女がいたから」が通るか？

次の日下着をぬいだら、体中が黄色や赤や紫のあざだらけで、変なヒョウみたいだった。そのあざを見たら、急に骨や肉が痛くなった。

友達がどやどややって来て、「行ってみようじゃないの、尻焼温泉」。真っ昼間である。運転しながら、「えー、あんた、この道行ったの？　考えられない」とか、「まだなの、えー」「信じられない」とか、友達は口々に云うのだ。「まだだよ。普通じゃないわよ」「ねえ、まだ？」と大変うるさい。

そしてついにあの橋が見えた。橋の上に立って私は驚天した。河原にころがっている無数の石は、真っ茶色ですこぶる汚ならしい景観がひろがっているのだ。鉄分の多い温泉なのだろうか。昨夜、黒か灰色の石かと思って、「あたしって、人魚みたい」と思った私はなんだ。冒険とは神聖なるものに挑戦するんだよなあ。

「あんた、ここに入ったの？　信じられない」

それでも友達はけもの道を進んでいった。私がすべったりころんだりしたほんの二メートル位先に、あの小父さんが云った青い囲いをした違法温泉があった。「あんた普通じゃないよ」。また友達が云った。友達は酒を飲むたびに云う。「尻焼温泉ねェ。あんたの人生とまったく同じじゃない。やたら突っこんで傷だらけになってさあ」。六十過ぎてそう云われても困る。しかしあの妖気と霊気に押しつぶされながら、ドキドキとワクワクした充実感。やんないよりやった方がよかった、と私は思っているのだ。

植村直己の八十三歳になる老父は、「倅は、お国にも御近所にも、なんの役にもたたんことをして、こんなに心配していただいて申し訳ない」と、天を仰いで云ったそうだ。

じゃ、どうする

物忘れによるトラブルが増えて来たような気がする。前からだらしないので、みんな私のせいにする。私のせいにして、と思うが、はなから自信がないので、ついに来たかとそのたびにぞっとする。

「あなた水曜日って云わなかった?」「だから私は二十三日って云ったわよ」水曜日は二十三日ではない。二人とも釈然としない。

「今日○○さんちのクリスマスパーティ行くの忘れてないよね」と朝早くサトウ君から電話があった。「う、うん、覚えているよ」。全然忘れていた。

昨夜、アケミさんとアウトレットに行く約束をしてしまった。昨夜から大雪だった。窓の外はまだ音もなく白い世界に雪が降りしきっている。嘘つくぞ、今から嘘つくぞ、と雪を見ていたら、また電話が鳴った。「ねェ、今日、何時頃から行ける?」アケミさんだ。「すごい雪だね」「きっと、混んでないよこういう日は」。アケミさんはうきうきしている。ゴメン。ゴメン。ゴメンヨ。「ねえ、道大丈夫と思う?」「平気。平気。洋子さんこわい?」「ちょっとね」。私全然こわくなんかないのだ。「私自信ないから、もっと天気のいい日にしない?」「やめる?」アケミさんはがっかりした声になった。忙しい人が、時間を作ったのがわかっているのだ。「うーん」「じゃ、またにしよう」「そーしようか」

嘘つき。嘘つき。私の嘘つき。

そして、大車輪で、いなり寿司を作って重箱に入れた。サトウ君とマリちゃんに、私、いなり寿司しか作れん人かと思われる。私は何かの時のために、油あげだけは煮て冷凍してあるのだ。

五百円位のプレゼントと云われた事を思い出したが、すっかり忘れているので勿論用意してない。私のイラストを入れたトレーナーが十枚位積んである。イラスト原稿料の代わりに関さんが現物支給してくれた。そのイラストは、熊ちゃんが山小屋に泥棒に入るところで、どう見てもおしゃれの大人は着ないかも知れんが、急いで、包装紙に包んで、リボンをかけた。リボンだけがいやに立派である。

それからよそ行きに着がえた。この辺を私は汚いハンテンを着て歩いているから、私がよそ行きを着たら、誰にもどっかよそへ行くとばれてしまう。アケミさんやマコトさんなんかにどこかですれ違うことなんかしょっちゅうなのだ。サトウ君ちに行くには、アケミさんの事務所の前を通らなければ行けない。

いつかなんか、東京へ行って帰って来たら、「洋子さん東京へ行った？」とアケミさんに聞かれた。「えっ、どうしてわかった？」「うちのイナちゃんが、星野温泉の前ですれ違ったって云ってたもん」。マコトさんちの若いスタッフは二十人位いるかも知れない。

私はドキドキしながら、まるで車の通らない国道を下りて行った。私はサトウ君に嘘ついてもよかったのだが、もう前に、同じようなダブルブッキングをして、マリちゃんに「ドタキャン洋子」と云われているので、ただただ自分の評判をこれ以上落としたくないエゴイズムなのだ。真っ白な山道を下りながら、私の頭、こんな風にボーッと真っ白なのかしらんと思う。

昨夜、テレビがこわれた。いくらリモコンを押してもテレビがつかないのだ。リモコンの電池入れかえたばかりだから、テレビがこわれた。私はボーッとリモコンを見ると、電話を持っていた。

あれは一年位前だったかしらん。冷蔵庫をあけてぞっとした。洗ったコーヒーカップが三つ並んで置いてあった。しばらくして、冷蔵庫をあけると、すりばちとすりこぎが洗って置いてある。

フードつきのオーバーが無い。あんな大きなもの、どこに忘れて来たのだろう。一体、最後に着たのはいつだろう。オーバーが無いと云うと妹は、「家の中さがせば、絶対あるもんだよ」。私はコートなんか一年中つるしっ放しなのだ。

それでもゴタゴタしたプラスチックの箱をかき回すと、「えーっ、こんなもの、そう云えば持っていたんだあ」というものが次から次へと出て来る。これごっそり泥棒されても、私は死んでも気がつかんだろう。私は物を買わない方だが、みんなはちゃんと覚えているのだろうか。はさみなんか、いくつ買ったかわからない。突然神かくしにあった様になる。

全く同じ老眼鏡を三つ作った。今は一つしかない。不思議なことに、一日のうちに二つ無くなったのだ。

机の中をごそごそさがすとメガネケースが四つも出て来て、中は空である。もっと奥から、コンタクトレンズが一組出て来た。予備のために作ったのだが、えっ、と思って洗面所に走った。さっきメガネをさがす時も、予備のコンタクトレンズが一組出て来たのだ。ハンドバッグの中にも一組入っている。一組は自分の目ん玉の中におさまっている。

私は近眼がひどくて、コンタクトレンズを外すと全盲に近い。昔、ミラノで、友達が迎えに来てくれるはずの時、すでに寮の前に白い小さな車が止まっていたので、「お待ちどーさま」と助手席にのり込んで、「さあ、行こう」と云ったら、イタリア人の小父さんが、「バ・ベーネ、ベーネ」と云ったので、驚いて外にとび出した。イタリア人の小父さんはさらに大声で「チンクエチェンタ、ボッリョファーレ」（もう五分そばに居て）とうたいだした。

私は白いぼんやりとした固りしか見えなかった。前の日、私はコンタクトレンズを二個、水と一緒にのみ込んでしまったのだった。それから私は、コンタクトレンズに対して少し過剰に反応するようになったのだが、三組も作っているのは、これはもうろくである。作ったことも忘れているのだ。

このごろ私は、家の中でボーッと立ち止まっている事が、少なくとも日に十回以上ある。何かをとりに行こうと思って立ち上がり、二、三歩あるくと、何をとりに行こうとしているかわからなくなっているのだ。私は母が呆け始めたころ、呆然と立っているのを見て、何とも云えない気分になった。

違いと云えば、私は声に出して、「アレ?」と云ったり、「えーと、何だっけ」と云う事位なのかも知れない。新しい名前など、全部忘れる。仕事のファックスや手紙なども、ほとんど忘れる。

先方から、「先日お手紙差し上げた〇〇ですが」と云われても、何だかさっぱりわからない。もう見栄を張る気力も失せて、「それ何だっけ？」と聞くより外ない。すでに私は社会的に抹殺されているだろう。

時々鹿沢の山小屋に来る佐々木幹郎さんに会った時、うなだれて私は呆けて来た事を告げると、私よりずっと若い幹郎は、「そんな事しょっちゅうや。俺なんか、先週若いもんにこれやっとけよ、って云った事忘れて、また同じこと『これどうするんやっけ？』と聞いて、あきれられているんや」と云ってくれた。「幹郎さんて優しいね。私なんて、〝それ何だっけ〟だもんね」と云うと、「そうやって堂々と呆けてると、世間はさすが大物と思うんや」と云うではないか。私は驚天して、そういう発想というものがこの世にあるかと感心したが、私はどう考えても大物ではないのでさらに落ち込んだ。

「だから何でもメモんなくっちゃ駄目よ」と教えてくれたが、メモした事も忘れる。メモした手帳が無くなってしまって、床の上をはいつくばって、机の下とかベッドの下をさがしている。すると読みかけの文庫本がほこりと一緒にころがっている。読みかけたことも忘れている。

先日サトウ君ちに行って、「ホームセンターに行くんだけど、何か用ない」と聞くと、「あ、俺も行かなくちゃなんないんだ、だけどそれが何だかわかんないんだよ。行く途中で思い出すかもな」と嬉しい事を云ってくれた。ホームセンターのレジで、サトウ君は、何やら両手に持っていたので、「よかったね思い出して」と云うと、「いやどうもこれじゃないような気がする」と云う。

アライさんはひどく記憶力のいい人で、私は「アライさんは学者になれるね」と時々思う。そのアライさんが「俺は、同じ話を同じ人にしないようにしている」と云うのでますます感心したが、「俺は同じ話を同じ人にしないようにしている」と少なくとも三回は私に云った。そして子供の時十円盗んで山の木にしばりつけられたという話を、私は何度も聞いている。そのたびに面白いのだが、あのアライさんでさえもの忘れが多少はあるのだ。ああ、他人がもの忘れをするとどうして私はこんなに嬉しいのだろう。

そのアライさんに初恋の人の名前を聞くと、たちどころに、「スダカネコ、クマガイトミコ」と答えて間違えない。小学校の時のことらしい。その時の受け持ちの先生の名前は「ネギシカツエ」だそうだ。そう云えば、私の小学校一年の時の先生の名前は「ウオズミシズカ」で、ちょっと好きだった男の子は「ハナハタ君」という名前だっけ。人間の脳が外側からこわれて行くのがひしひしと体感出来る。

「昨夜のごはんが何だったか忘れなければ大丈夫」と云う人がいるが、そう云われて思い出すのにすごく時間がかかる。

人からもらったものも、あげたものもすぐ忘れる。いつかマリちゃんところに、どこからかもらった漬物を半分持って行ったら、「ヤダ、これ私があげたものよ」と云われた。

九十四歳まで、実にカクシャクとしていた服部さんの小母さんが、続けて二度みかんを送ってくれたことがあった。「あー、あの小母さんにして」と、私は自分の胃がしぼんで行くような気がした。私は六十四歳だが、ストーブで煮た花豆を片はしからタッパーに入れて、東京のいろんな友達に送っているが、「ねー洋子さん、前の花豆まだ食い終ってないよ」と云われて、私の脳は九十四歳になってしまったと実に悲しく、あわてふためいた。

皆年相応にもの忘れするが、私はひどくはないか。もう痴呆が始まって進行中なのではないか。そして痴呆症のテレビ番組に吸い寄せられてゆく。ほとんどがいかに看護するか、新しい痴呆の施設をいかに苦心して経営するかと、正気の人の立場で作っているが、私にはそこにいる母と同じような痴呆になっている自分しか見えない。

歌なんか唱わされている。母は昔から歌が好きだったが、それがうれしそうだった時期はとっくに過ぎた。ふてくされているような時も、ただ一点を凝視して微動だにしなかったりしている。わたしゃ嫌だね、「サイタ　サイタ　チューリップノハナガ」なんての両手をたたかされて唱うの。わたしゃ嫌だね、わざとらしい赤ちゃんことばで、看護の人に「ほーら、よく出来たわねェ」なんて耳もとで叫ばれるの。

じゃどうする、どうにもならん。そしてしこたま痴呆老人の本とか、アルツハイマーの本を買い込んで来て、おびえと恐怖と好奇心で、実に熱心に読む。読んでどうする、どうにもならん。それを次から次へと友達に送る。親が痴呆になっている人が沢山いるのだ。

「洋子さん、アハハ、あなた同じ本また送って来てるよ」。どうする？　どうにもならん。

恰幅のよかった母は、骨ばかりに小さくなっている。ちぢんで、骨ばかりでも不気味に重い。これは肉体の重さではないと思う。八十九年という人生の重さではないのか。

母は云った。

「私が生れたのはねー、そうねー、私がずい分小さい時だったわ」

息子が三歳の時、「ねえ、僕が初めて僕に会ったのはいつ？」と聞いた時のことを思い出した。

何も知らなかった

「ねえ、ねえちゃん……」。異様に圧し殺した妹の声がきこえた。いつもは立て板に水のようにしゃべりまくる妹がしばし沈黙している。

「どうしたの、何かあったの」「……」「どうしたのよったら」「……あのね、孔ちゃんが死んだって」。私は絶句した。頭が頭蓋骨になって中身が全部ふっとんだ様になった。「ねえちゃん」「……」「ねえちゃん」「……」「……大丈夫?」「……どこで? いつ? 何で……」「脳梗塞で、倒れたの。サンフランシスコで。ゴルフしていたんだって」「そんでいつ?」「それがよくわかんないんだよ」。気がついたら、私は受話器を持ったままで床にペタンと坐っていた。私はじっと受話器をにぎったまま、灰色の電話機を見ていた。外に見えるものが世界中から消えてしまった様な気がした。

孔ちゃんは父の友人の子供で、北京にいた時、おしめをつけて、うちの応接間ではいはいをしていた。おむつからウンチがこぼれて、うちの水色の、わたしたちがペルシャじゅうたんと呼んでいたものの上にウンチがこすりつけられていた。私は黙って立って見ていた。

思い出すと、その時の匂いが、水色のじゅうたんの模様と一緒にパッとよみがえって来る。いつだってパッと思い出した。私はそれを六十年以上もパッパッととり出し続けていた。そして愕然とした。もう孔ちゃん六十二だったんだ。自分の六十四は毎日たたきこまれたが、孔ちゃんが六十二になっていたのを考えたこともなかった。

大連の孔ちゃんの家で、テーブルに山になっていた肉まんじゅうを、さあ食べようと思った時停電になった。暗闇に肉まんじゅうは消えた。私の記憶はそこまでで、どうしてもそのあと肉まんじゅうを食った覚えがなくて、暗闇に消えた肉まんじゅうを思い出すと、口じゅうつばきだらけになる。中国の肉まんじゅうは本当にうまかった。日本へ帰って来て、ずい分あの味を求めて肉まんじゅうを食ったが、白菜の沢山入った汁気の多い肉まんじゅうにはめぐり会えなかった。ちょっとちがうなあと思いながら肉まんじゅうを食う時、私は暗闇に消えた孔ちゃんちの肉まんじゅうを必ず思い出す。肉まんじゅうを思い出すと云うより、私の前にパッと真っ暗な闇が現れる。

引き揚げのあと、私が山梨の田舎から出て来たら、静岡に孔ちゃん一家が居た。今考えると本当に偶然なのだけれど、小学生の私は、偶然などと思わなくて、特別嬉しいとも思わず、何だか当り前に思っていた。孔ちゃんのお父さんが、「洋子ちゃんはオール5だぞ」と云うと、孔ちゃんは、「へっ、あんな田舎なら当り前だよ」と云った。本当にそうだった。同級生が二十人のあの山梨のど田舎以来、私からオール5などの通信簿は消えた。

孔ちゃん一家がいつ静岡から東京へ行ってしまったのか、私は覚えていない。

高校生になった孔ちゃんが、汚い学生服で、ブラッと私の家に来たことがある。結構ブラッと何回か来ていたのかも知れないが、うちのこたつで、カレーのなべを、広げたひざの間にはさんで、なべの中にごはんをぶちこんで、盛大にカレーを食べていたのだけを思い出す。じつに豪快で、私は感動してしまった。母も感動したらしく、「孔ちゃん、家の娘の誰かもらってくれないかしら」とたびたび云っていた。しかし、孔ちゃんはその体格や、立ち居ふるまいや、はね上がった太いまゆなどから、何やら大物の雰囲気が立ちのぼり、あんまり上等でない家の姉妹など不似合いのオーラがあった。

その頃孔ちゃんは顔も洗わず、歯もみがかなかった。「めんどくさいじゃん」。低い含み声で孔ちゃんが笑うと、汚いと云うより変なスケール感が立ちのぼった。十八で上京した私は、しょっちゅう孔ちゃんちに行っていた。年が近かったから、行けば孔ちゃんとばかり話していた。何を話したのだろう。とにかくかぎりなくしゃべっていた。

私は赤貧洗うがごとくで、友達も赤貧ばかりで、バス代の十円が無くなることなどしょっちゅうだった。私は男の友達と一緒に孔ちゃんの家の玄関で孔ちゃんを呼び出し、高校生の孔ちゃんにお金貸してと手を出すと、汚い学生服のズボンから百円出してくれ、心配そうに、体を斜めにしてドアから上半身を出して、いつまでも私達を見ていた。孔ちゃんちだって、孔ちゃんを頭に四人も子供が居たから金持ちだったとは思われない。

時々孔ちゃんちに泊ると、ふとんをびっしり敷いて、弟達と一緒の部屋で寝た。六〇年安保の時で、多分デモの帰りだったのかも知れない。「何で洋子ちゃんデモに行くの」。私はつまってしまった。行くにきまっている様な雰囲気で、安保ハンタイと日本中が叫んでいたのだ。孔ちゃんの高校などは、はげしく過激だったはずだ。

「孔ちゃんは行かないの」「俺、嫌なんだ。何で洋子ちゃんは行くの」「だって面白いんだもの」「そうだろ、俺、そういうの嫌なんだ。俺の友達だってみんなそうなんだよね」

その時、隣の部屋からおばさんが、「もう寝なさい、こっちがねむれないでしょ」。私達はしばらく黙った。それからまた、ぼそぼそ話が続いた。最後におじさんが一喝した。「寝ろ!!」

その時私は安全保障条約の条文さえ正しく読んでいなかったのである。読んだのは五十過ぎてからだった。ワッショイ、ワッショイと手をつないでいた友達だって同じ様なものだったと思う。

孔ちゃんが大学に入って演劇を始めて、私は学生演劇のポスターを何度か頼まれた。多分、私の公になったはじめての仕事だったと思う。サルトルの「汚れた手」、田中千禾夫の「マリアの首」なんか。一緒に、シルクスクリーンの工場にも何度か行ったはずだ。おばさんが、「孔一は芝居をやる様になって人が変ってしまった」と心配そうに私に云ったことがある。

私が結婚したあとも、たびたび家に遊びに来た。ある夏、真っ黒い顔をしていた孔ちゃんが、いやに顔が白くなって小ぎれいになっていた。「どうしたの孔ちゃん、顔白いよ」「俺、就職したんだ。夏休み中レモンパックしていた」。私は裏切られた様な気がした。大きな商社だった。孔ちゃんは今思うと、デカプリオを押しつぶして不細工にした様な顔だった。

　時々ふらっと、私の仕事場に、背広を着てアタッシェケースをぶら下げた孔ちゃんが現れた。少しずつ、多分孔ちゃんが背広に慣れていった様に、私も慣れていった。孔ちゃんは、私の机にあごをのっけて、何時間もひざを折って、私の仕事を珍しそうに見ていた。孔ちゃんはどんどん商社マンらしくなっていった。これが、なべをひざにはさんでカレー食ってた孔ちゃんか。

「洋子ちゃん、俺、いくら金動かしているか知ってる。億だよ、億」。私はポカンと口をあけて、孔ちゃんを見ていた。「何やってるの」「洋子ちゃんにはわからないよ」。あの頃、孔ちゃんはもう三十近くになっていたかも知れない。「私、商社マンてカンヅメ売ってるのかと思った」。

　孔ちゃんは次第に、どこから見ても商社マンにしか見えなくなっていった。

「孔ちゃん、結婚しないの」「三十になったらする。おふくろが今、見合いの写真六枚持っている。洋子ちゃんに選ばせてやるよ」。私はとんでもなく激怒した。

「孔ちゃんって、そんな不真面目な男なの。いやな男だよ」。孔ちゃんは変に余裕のある笑いをした。そして、本当に三十で見合い結婚をした。そしていつの間にかアメリカに転勤になっていた。

　何年もたってニューヨークに行った時、孔ちゃんとごはんを食べた。その時写真を見せてくれた。ちり一つ落ちていないような、アメリカの映画みたいな郊外の家らしく、とてもきれいな奥さんと子供が写っていた。その時も変に余裕ある笑い方をした。それが私には自慢たらしく見えた。この家でひざの間にカレーなべをはさんで食うわけにはいくまい。おしめをひきずってはっていた頃から知っているから友達やっているけど、私が今、孔ちゃんに初めて会ったら、友達にはならないかも知れない。世界が違う。

　そういう時思った。私達は特別なんだなあ。赤ん坊の時から知っているから、そういうもんだと思っていられてありがたいなあ。孔ちゃんが魚屋になっていても同じなんだなあ。きっと私達は。

　それから孔ちゃんはサンフランシスコに行った。突然、時々電話がかかって来た。別に用もないのに、私はそのたびに嬉しかったし、妙に安心した。その声が段々おじさんに似て来た。最後に会ったのが、そのおじさんの葬式だった。「孔ちゃん、顔までおじさんと一緒になってしまったね」。私達は五十を過ぎていた。若い時は五月人形をつぶした様な顔だったが、その顔が、落ちついた貫禄になって立派だった。墓地の細い道を並んで歩いて、はるばる生きてきたなあと。こんなババアになるなんて、こんな立派なオジンになるなんて。

歩きながら孔ちゃんが云った。「洋子ちゃん、金あるんだったらアメリカの銀行に入れたほうがいいよ。手続き全部俺やってやるよ」「金なんかないよ。アメリカは大丈夫なの」「クリントンは中々よくやっている」

二年ほど前、また突然電話がかかって来た。「サクランボ送ってやるよ。住所教えてよ」。ちょうど来ていた妹と、「何だろ、孔ちゃん。カリフォルニアの黒いサクランボなんてうまくもないのにさあ」。しばらくすると、はるばる海を渡ってサクランボがとどいた。それが孔ちゃんの声をきいた最後だった。

孔ちゃんが死んでしまったと聞いて、ペタンと坐っている一瞬に、いっぺんに頭の中にこれだけの事が全部かけめぐった。人が死ぬ時、一生のことが全部頭の中に走るときいたことがあるが、孔ちゃんとの記憶が、私の中で全部パチパチとスライドみたいに現れて消えた。

そして、私と孔ちゃんは六十年以上もつき合ったのに、何枚かの写真のように現れた記憶以外に、私は孔ちゃんの事は何も知らないのだ。どんな仕事か、どんな友達が居たか、どんな家庭で、どんな夫で、どんな父親だったかも、何も知らない。孔ちゃんがどんな息子だったか、どんな兄だったか、何を考えていたかも、全くわからない。どんな趣味で、何が好きで何が嫌いで、質素にくらしていたか、見栄張って生きて来たのかも知らない。

何もわからず、しかし、私はただ無念だった。急に死ぬなんて思っていなかった。赤ん坊の時からの友達は孔ちゃん唯一人だった。何の根拠もなく私が先に死ぬと思っていた。いやそんな事も考えなかった。どこかに孔ちゃんは居るにきまっていたのだ。「もう一回だけ会いたいよう」。私は声を出して床をたたいた。たたきながら、「一人暮らしって、こういう時便利だなあ」と思っているのだ。そうだ、泣いても平気なんだと思うと、私は大声を出して泣いた。

四十九日だという朝、私は五時半に家を出た。まだうす暗かった。雪が白く明るかった。山道を下りはじめて、向いに白い浅間山が見えた。日が昇るところだった。枯木をすかした所が真っ赤になっていた。オレンジやピンク、うす紫の雲が幾重にも染まって、浅間山の左の方が透きとおったピンクになっていた。ああ、極楽なんだ、あそこは極楽なんだ。孔ちゃんが極楽を私に見せたとしか思えなかった。

孔ちゃんの死が私にショックを与えたのは、今まで全く感じた事のないさびしさだった。父が死んだ時とも、兄が死んだ時ともちがう。私達が老いて、誰にも死が近づいている。これから生き続けるということは、自分の周りの人達がこんな風にはがれ続けることなのだ。老いとはそういうさびしさなのだ。

一カ月前床をたたいて泣いたのに、今、私はテレビの馬鹿番組を見て大声で笑っている。生きているってことは残酷だなあ、と思いながら笑い続けている。

山のデパートホソカワ

昭和二十六年ごろの木下恵介監督の「カルメン故郷に帰る」という映画がある。私の記憶違いかも知れないが、多分、日本初のカラー映画だったと思う。カルメンの故郷とはここ北軽井沢だった。私は最近になってビデオを見て非常に驚いたというか感慨無量というか、成程成程というか、仕方ないよなというか、これでいいのだというか、心が乱れた。

ストリッパー・カルメンが東京から着く駅は、今はもうない草軽電鉄の北軽井沢駅である。今は駅舎だけがある。その駅舎からカルメンが乗るのは乗合馬車である。駅の前は広々とした原っぱで、はるか浅間まで見わたせていた。えっ、こんな牧歌的だったのか。今はその駅前にロータリーがあり、誰だか知らない人の銅像があり、信用組合もある。

駅の前を通る一本道がある。映画には出てこなかったが、ここが昔からの北軽井沢の商店街だったらしい。豆腐屋も魚屋もあったと云われるが、今は国道ぞいのスーパーが出来て豆腐屋も肉屋もない。

国道に出ると、今でも電信柱一本ずつに「山のデパートホソカワ」という小さい看板がずらっと並んでいる。山のデパートホソカワは駅舎から三軒目にある。はじめの頃、私はしぶとい店だなと思った。田舎に行くと昔あったよな、よろず屋って店が。

ホソカワは調剤室がある薬局である。ドラッグストアなわけね。とにかく何でもある。ここは新聞配達が無いが、ホソカワには新聞が毎日置いてある。私は煙草はここで買う。フライパンもやかんも、魚を焼くあみもある。無いだろうと思ってホーローのなべを買いに行くとあった。うさちゃんがついていたが立派なものであった。

文房具一式がある。冠婚葬祭用ののし袋もある。奥に行くと雪国用の長靴が並んでいる。中に毛が生えていて、かかとにスパイクがついている東京では手に入らないブーツがある。スパイクはカチカチと閉じたり開いたりする。二千四百円だった。その前に下着一式があって、おしりとひざが厚くなっている婦人用ズボン下もある。私は二本買った。東京の友達にも二本買ってやった。

セーターもずらっと並んでいて、ビーズやスパンコールがついていたりする。ウエストがゴムになっているズボンが並んでいる。洗剤もあるし、卓上コンロのガスボンベもある。若いもんが来てバーベキューの炭がなくなってひとっ走りすると炭もある。

夏になると虫とりあみもあるし、冬が近くなるとプラスチックのそりもある。ショッキングピンクの雪かき用のシャベルもある。口紅もあるし、マニキュアもファンデーションもある。

とにかく何でもある。近くに別荘がある友達に、「ホソカワの奥さんは鄙にはまれな上品な美人だねェ」と云われ、つくづく顔を見ると本当に上品な美人で、つくづく見なくても本当に上品な優しい人だった。人は変なもので、友達にそう云われてから、煙草を買いに行くたびに、「私って下品だなあ、おまけにブス、その上汚いなりをしているなあ」と何だかへり下ってしまう。

私がどんなに汚いかと云うと、冬は綿入れハンテンにマフラーに、スパイク付きブーツをはいてドタドタ歩き回っており、綿入れハンテンは化学センイらしくて、ストーブをたく時、そでがストーブについて焼けてとけてしまい、中からわたが見える。そんな穴が四つ位あり、いつか金物屋の「ウチボリ」に行ったら、小母さんに「マァ、奥さん、うちに沢山ハンテンがあるから上げるよ」と云われた位である。

仕方ないからそでを切ってそで無しハンテンにした。ホソカワの奥さんは上品な人だから、私にそんな事は云わないが、色白の美人顔にいつもちゃんと化粧をして、冬でもきちんとスカートをはいている。

夏になると時々東京のニコニコ堂という古道具屋さんが家に遊びに来る。白髪のゴッホみたいな顔をしている。ニコニコ堂はつげ義春の「無能の人」のモデルだそうだ。嘘か本当か知らないが衿子さんが云っていた。見るだけで本当に商売不熱心に違いないと思ってしまう。ニコニコ堂には世間も浮世も無いらしく、役に立たない事だけ云う。役に立たない話くらい、胸躍ることがあるだろうか。無駄なことこそ人生のダイゴ味ではないか。

「今までで、もんのすごくもうかったの何?」と聞くと、じいっと下を向いて、「アノネ、すごーく損した事しか思い出せない」と云う。「アノネ、すごく古い時計があったノ。すごく汚いの。だから、五千円で買ったノ。そいで店に出したら、出した日に売れたのヨ。いくらだって云うから、ちょっと胸ドキドキして、三万円ってふっかけたの。もうこっちはドキドキしちゃってるの。やけに急いで全然ねぎらないんですヨ。しばらくして青山に行ったら、立っー派な骨董屋にそれが三百万円で出てたの。家で買った人が売ったんだと思って、ちくしょうって思ったけど、こういうの後の祭りってね。そんでしばらくしたら、それ博物館にかざってあってね。どうも、秀吉とかの時代のハクライらしかったよ」。

嘘だろと思うが、ニコニコ堂が云うと本当と思わにゃ損である。この前ニコニコ堂に「がくぶちとかも買ってくれる?」と聞くと、「いいですよ」と云うので、展覧会の売れ残りの額縁が何十枚も段ボールに入ったのを、物置きから出して来た。売れ残りの絵が入っていたので、絵を外そうとしたら何枚目かで爪が割れてしまった。

「悪いけど、売る時中の絵外してくれる? そんで、絵捨ててね」と云うと、「はい、わかりました」とニコニコ堂は云って、一万円位くれた。あー場所ふさぎが無くなってセイセイしたと思った。

しばらくしたらニコニコ堂が、「これ取って下さい」と二万円くれた。「どうしたの」と聞くと、「サノさんの絵一枚ずつ店にさげとくと、絵と額縁一緒にけっこう売れたの」「えっ、絵捨てなかったの」「うん」。捨ててって云ったのにィと思ったが、バカダナニコニコ堂、黙ってりゃわかんないのに、と思って二万円もらった。

でもいくらで売ったんだろ。展覧会で三万円で売ったけど、それより安かったら、展覧会で買った人に悪いナァと思ったが、ニコニコ堂のニコニコした顔みてたら、世間の仁義もきまりも、ええわ、ええわと思ってしまった。行ったことないが、ニコニコ堂の店は国分寺にあっていかにもほこりっぽくて暗い感じだと思う。店に電話しても居たことない。

ある日ニコニコ堂が、若い男を連れて来た。「こ、これ息子なの、ユウ君」と、恥かしがっているような、嬉しいような顔で云った。ニコニコ堂はゴッホ顔で、どちらかというと長いが、息子は丸い大福みたいな顔して、ニコニコしているところは似ていた。

私とニコニコ堂はまた、何の役にも立たん事を我先にとしゃべっていた。ニコニコ堂の母親はほとんど奇人らしく、ニコニコ堂は好んで母親の話をする。

「こないだ、そこの音楽堂で音楽会があったでしょ。うちのおふくろ行くっていうのヨ。だから連れていったら、もういっぱいで、子供だけ前の方に椅子が並んでいて、大人はうしろにつめて坐るのヨ。そしたら、トコトコ行っちゃって、前の子供の間にちょんと坐ってしまってネ。もう、アレーって云ってもおそいんだよ。女の世話人が側に行ってね、あのここはお子様の席ですって云ってるの。そしたら、『わたしお子様』っておふくろ叫んでいるの。九十女。それでずっとそこに坐っていた」。大福息子は一言ものを云わず、ただニコニコうなずいている。うなずきながら時々異様に目がピカーッと光る。

「ホソカワってすごいね」ニコニコ堂が云った。「この間ミカちゃんの夏休みの宿題でね、ししゅう糸がいるって云うんだよ。無いだろうと思ってホソカワ行ったの。そしたらあったの。こういうふうにたてに一列だけししゅう糸が並んでいるの、一列だけ」。

ミカちゃんって娘もいるんだ。私も張り切った。「私、見たこともないマンガ雑誌みつけたの。こーんなに五センチ位厚くてね、『嫁と姑スキャンダル』って雑誌なの。月刊なんだよ。もう嫁と姑の事だけ。驚いたなあ、買っちゃったよ」

「そうそう。ミカちゃんが毎月とっているマンガ雑誌、『少年ガンガン』って、けっこうマイナーなマンガ雑誌なのヨ、あるはずないよねって行ったら、一冊だけあったのヨ。イヤー、ホソカワはすごい」。『少年ガンガン』か。知らんかった。

それからえんえんとホソカワごっこが始まった。「あのネ、もう三十年位前のせとものの大根おろし器あるの知ってる？　一枚百円だった」「イヤ負けた。じゃ、先っぽの細ーいピンセットあるの知ってる？　東京のうちの近所にはなかったのヨ」「ウソー。わたしエッチングにベンジン使うのね。どこの薬屋でも三本位しかないのに五本もあった。そいで追加したら次の日にはちゃんと電話かかって来るんだから」「すごいね。『新潮』とか『文藝』とかの純文学雑誌もあるヨ」「誰が読むんだろ。そう云えば、塩野七生の『ローマ人の物語』もあった。誰が読むんだろ」「三千円のユンケル黄帝液もあるなあー」「エッ、ナガシマさん三千円のユンケル飲むの」「飲まない。ねだん見ただけ」。

「何だか魔法つかいみたいね、あのきれいな奥さん。じゃこういうのは。私がアクリルの毛糸買いにいったら、すいません切らしているんです、あの何につかうんですかって云われたから、たわし編むの。少しでいいの、何色でもいいのって云ったら、ちょっとおまち下さいって、これ使いかけですって奥から持って来て、ただでくれたんだよ」「サノさん、そういう裏わざ無しよ」。

大福息子はただニコニコ笑って親父の顔をみていた。この息子すごく親父がすきなんだなあ、何か美しくない？　って私は思った。息子はほとんどニコニコしているだけで、時々ピカーッと目を光らせて帰っていった。

ニコニコ堂は同じ村に別荘があるから、夏は時々道で会ったりする。ニコニコ堂が半ズボンでプラプラ歩いていた。

「あのネ、ユウ君が文學界新人賞もらっちゃったよ」

「ユウ君って」「ほらこないだ一緒に行った息子」「えーっ、読みたーい」。そしたらすぐ送ってくれた。すごく良くて私は感激してしまった。「サイドカーに犬」というタイトルだった。

そのうちにまたユウ君にも会った。あのピカーッと光る目は作家の目だったんだナ。なれたらユウ君はさすがにニコニコ堂の息子みたいな人だった。「猛スピードで母は」という小説も書いて本になるそうだ。「表紙の絵描いてくれますか」と云うではないか。「うそーっ、私でいいの」。私はうれしくてうれしくて仕方なかった。本になったら、なんと芥川賞をもらってしまった。芥川賞にしては異例の売れ方だったそうだ。

去年の夏ニコニコ堂の別荘に行ったら、ニコニコ堂とユウ君が向い合ってラーメン食っていた。

「ここのとなりの土地売りに出てるんだって」ニコニコ堂が云う。「ユウ君、買って家建てちゃいなよ。そんでここで仕事しなよ。冬もずっと」。私は冬になるとこの村で一人しか居なくなるから、必死でひっぱり込もうとしたが、ユウ君は「いいナァ」とニコニコするばかりだ。きっと私みたいな変なオバさんが居るから嫌かも知れない。

私は相かわらず週二回ホソカワで煙草を買い、その間にいくつも宅急便を出しにゆく。一週間誰にも会わない事はあっても、ホソカワのきれいな奥さんには会う。

宅急便を出す間ふり返ると、本棚の『新潮』なんかが見える。するとニコニコ堂とユウ君を絶対に思い出してしまう。そして早く夏になって、ニコニコ堂とユウ君がくればいいのにと待ち遠しく、また、ホソカワごっこがしたいなあと、ジロジロと店の細部を調べている。

いつか聞きたい。ここを乗合馬車が走っていた頃の事覚えていますか。その頃もホソカワはあったのですか。

出来ます

「ビューティー・コロシアム」というテレビ番組がある。美容整形の実験番組である。それをやっていると私は、どうしてもギーッと目が画面から離れない。私が思うに、そのまんまでかわいいじゃんと思える人も皆二重まぶたにして、えらが張り気味でなかなか意志が強そうで、それが個性というものだという人も、どんどんあごなんかけずってしまう。

そして皆整形後の自分に満足し、別人のように明るくはきはきして自信に満ちるのである。私はいつもながらショックを受ける。ブスのまま明るく人の目をギッと見ながら生きてきた私。「ブスはあっち見てろ」と云われても、「手前、自分の顔みてから云え!!」とどなり返していた私。手術後は皆あいまいな同じような顔になる。ああ、世界は平らになる。デコボコがあってこその世と思うのである。気に食わん。他の事は努力とか辛抱とか、気の強さとかを総動員すれば何とかなると考えたが、でかい鼻の穴など何としても宿命である。なるべく鏡を見ないようにして来た。

そしてしみじみ思った。ああ、目の玉が顔の中に埋まっていて本当によかった。ちょうちんあんこうのように、目玉が顔の前にぶらぶらぶらさがって、四六時中自分の顔が見えていたら生きていけないなあ。昔の日記を見ていたら「男たちは、私の顔とどう折り合いをつけて来たのだろう」と書いてあった。

でも私が超美人だったら、きっとひどい嫌な人間になっていたにちがいない。私はブス故にひがみっぽい人格になっている事を忘れて、力弱く我が身をはげまして一生が過ぎようとしている。そして、しわ、たるみ、しみなどが花咲いた老人になって、すごく気が楽になった。

もうどうでもええや、今から男をたぶらかしたりする戦場に出てゆくわけでもない。世の中をはたから見るだけって、何と幸せで心安らかであることか。老年とは神が与え給う平安なのだ。あらゆる意味で現役ではないなあと思うのは、淋しいだけではない。ふくふくと嬉しい事でもあるのだ。

と思っていたら、出て来た。「ビューティー・コロシアム」に六十四歳の女が。若がえってもう一度恋愛をしたいという女が。えっ、もう一度恋がしたい？ そこがテレビ。整形前は、こりゃあんまりだと思うほど髪の毛ボサボサで、着ている洋服もくたくたの灰色のオーラを出している。しわ、たるみもひどく見える様なライティングであるが、六十四歳にして女の執念のパワーというものはすごいと思った。外見《そとみ》からははかり知れない色気への願望が埋もれている事に、私は深い穴を見る思いがした。

私が、特別なのか。私に色気など、どこをほじっても出て来ない。気がついたら、私はテレビで映画を見ていて、ベッドシーンになると、トイレに行ったり、皿洗ったりする。何の興味も失っているのだ。ちょっと前はコマーシャルの時そうじしたり、そのへん片づけたりしていたっけ。これは色気というより性欲なのかも知れない。

思春期の時は本を読んでも、いやらしい所だけを何回も読んでいたのだ。小学生の時は、『家なき子』のお母さんがレミに幾度もキスをするが、私はそのキスという言葉がわからなくて、母親に「キスって何？」と聞いた時の母親の固まった顔が異様であり、やがて押し殺した声で「どこで聞いたの」と私をにらみつけた時、はっとわかった。こりゃ、いやらしい事なのだ。母は答えなかった。

やがて接吻という言葉を知ったが、接吻という言葉は本当にいやらしかった。今でもキスより接吻がいやらしいと思うが、もう接吻などということばは死語だろう。もはや私にとっても、キスや接吻は死語である。

おだやかに死に向かって下降してゆきたい。と思いながら、えっ、六十四で整形、どうなるんかというのぞき見たいきわめて下世話な好奇心は死なないのだ。

すると整形後の小母さんが光の中から現れた。出て来たのは、野村沙知代風ギンギラ美女であった。同一人物とは思えない。思えてはいけないのだ。六十四年のその人の人生の苦楽はへずり取って捨てたらしい。へずり取るのに、メーキャップアーチストもスタイリストも、その技術を駆使するのであるが、何よりもその小母さんが、みずからへずり落とす気迫であったらしいと私には思える。しわ、しみ、たるみも、何やら注入したり光線をあてたり、腹の脂も抽出したらしい。

「どうですか」「満足していますか」「ご自分では自分をいくつと思っていますか」「五十歳」。そして本当に五十位にしか見えない。「で、恋は」。小母さん声も整形したかのごとく、「出来ます」と力強く答えた。その声も何やら艶っぽい。

「一番嬉しいのが、腰の痛みとひざの痛みがなくなった事です」。自分の腰もひざも、五十のつもりになったらしい体の神秘。私はその後の小母さんを密着取材したいと思う。

「すぐにいろんな殿方から声をかけられました」。殿方というところが六十四だ。あんた言葉に気をつけな。

幼い日、父は夕飯を食いながら子供に説教たれる癖があった。

「人間は小指の曲っているのを直すためなら、千里の路も遠しとせず行く。しかし、心の曲りを直す人が隣に居ても行かない」という話を何度もした。私は幼な心に、自分の心の曲りは自分でわかんないじゃんと思っていた。今父が「ビューティー・コロシアム」を見たら何というだろう。親には長生きしてもらいたいものだ。

外見を五十にしたら、腰とひざがなおったという事はショックだった。色情というものはいくつまであるかと聞かれた誰か偉い人の母親が、火ばしで灰をただかきまわし続けて、ナルホド灰になるまでかという有名な話があるが、誰でもそうなのか女なら。私は枯れ木のようなものなのか。私は女ではなくただのヒトなのか。あるいはヒトでもないのか。

未亡人のかおるちゃんは、ナイスバディの六十近い友達である。同じ老女シングルでも、ナイスバディのかおるちゃんの方が全身女である。バリバリの現役である。同じ老女シングルでも、未亡人の方が色っぽく感じる。離婚女は女としての欠陥者と世間は思うらしいし、本人もどこかでそう思う。

かおるちゃんが云う。「もう駄目よ。パーツばっかりよ」「何、そのパーツって」「全ー部じゃないの。アッシー君とか、食事用とか。パーツなの」。ウムム。お主やるのゥ。「ほら、サノさんガンバレ。あんたアッシー君ぐらい居るでしょう」「居ないね」と即座にちがう友達が云う。「この人、方向音痴なのに、あっちこち迷いながらどんな所にも一人で行っちゃうもん。かおるちゃんは八ヶ岳の山荘に車あるのに、自分で運転して来たことないのよ。サノさんの負けね」。私は聞く。「アッシー君は八ヶ岳で泊るの」「やだあ、ふふふ」。そのあとを聞きたいが聞けない。「私だってね、私だってね、夜中に一八〇キロ、三十の男の子にアッシーやらせたことある」「あらー、ほらサノさんだって。誰なの」。かおるちゃんは華やかに余裕で云う。「息子の友達。ここに十分しかいなくて、その夜のうちに東京に帰った。アルバイト代一万円はらった」「あんた、張り合うのやめな」「で、お食事用って、お食事しようって向こうからかかって来るわけ?」「そりゃーそうよ」「どんな所?」「いろいろ」「フレンチとか」「うん、そりゃ日本料理のこともあるし」「月に何回?」「一回か二回」

横から誰かが「そのパーツ三コはあるよ」「かおるちゃん忙しいね」。私は口惜しくもないのである。本当に本当なのだ。「誰が金払うの」「そりゃさそった方よ」「割勘じゃないの」。どっかの男が「やらせる気もない女に誰が金払うか」って昔云っていたっけ。

私、思い出そうと必死になるが、男二人と飯食った記憶がない。割勘でないってことは、かおるちゃん?

「ふん、私だって居るね。釣りが解禁になると、一番先に釣ったあゆ一本か二本持って来てくれる人」「そりゃ、アライさんでしょ」「そうだけど、秋になると、オオイチョウダケ、庭のを採りに来なって。すごーくおいしいの」「それもアライさんでしょう。食事の友よ、食事の友だったら」「じゃあ、かおるちゃん、うちの、このテーブル二日で作ってくれた人いるんだけど、男だよ男」「いやあ負けたわ」「私のベッドに、脚にキャスターつけた寝たきりテーブルも作ってくれたんだヨ」と鼻をひくつかせると、「負けたわァ」とかおるちゃんが云い終わらないのに、「何、それ、サトウ君でしょうが」と友達がバラす。「そう、サトウ君。マリちゃんに、サトウ君閑だから何か用みつけてやってって云われたんだよね。定年後顔つき合わすと両方いらつくんだってさ」「こりゃサノさんの負けさ。だって見てごらん。朝ごはんの時、かおるちゃんは化粧すましてヨーガンレールのお洋服だよ。あんた、だいたい顔洗ってないでしょう。そんなきたないジーパンで足立ててしまってさあ。煙草プカプカ。かおるちゃんの手見てごらん、あんなデカい指輪つけて」

あの「ビューティー・コロシアム」の六十四歳の小母さんは、かおるちゃんになりたかったのだ。

そう云えば、かおるちゃんまだ山登りをするんだ。当然山登りの仲間が居て、その日も当然お迎え、お送りがあって、ゴルフ仲間もいて、当然……、当然……、なはずである。だから、かおるちゃんは腰やひざが痛くはない。やっぱり若さとは異性に対して現役であるという事から生れるのか。

若さと老いの違いのほとんどは外見しかないのだ。だから男はハゲに対してあの様に過剰反応をして、とりつくろうのか。ハゲの方が絶倫という俗説があるのに。

日本中死ぬまで現役、現役とマスゲームをやっている様な気がする。いきいき老後とか、はつらつ熟年とか印刷されているもの見ると私はむかつくんじゃ。

こんな年になってさえ、何で、競走ラインに参加せにゃならん。わしら疲れているのよ。いや疲れている老人と、疲れを知らぬ老人に分けられているのだろうか。

疲れている人は堂々と疲れたい。

もう人類には長老の知恵というものはなくなった。長老はしわだらけであらねばならぬ。長老は一日にして成らぬのだ。長老は苦い人生を、少なくとも四十年はじっとかみしめて、噛みたばこみたいに苦い汁を吸いつづけねばならん。そしてその苦い汁が人生の知恵なのだ。

私だって若い時老人を半ばバカにしていた。年寄りのくせにとか、老人の知恵は時代遅れなのにとか。しかし人は皆、知っているのだ。長老を必要とする共同体が壊れちまっていることを。死ぬまで個人で戦いつづけねばならぬと。老いの体と心は邪魔なのよ。そして長生きしすぎて、一挙に敗残物となって、税金を喰いつぶすのだ。

私は少なくとも、現役下りて、十五年くらいは老人を楽しみたいと思うのだが、どんな老人になったらいいのかわからないのである。

他人のうさぎ

私の義弟は大学教授である。押し出しもなかなか立派な大男で、日本でショーン・コネリーに一番似ていると云ったら喜ぶと思う。

それが口をひらくと「ねえさん、うちの田舎ではね」と必ず云う。例えば、「この下に川があってね、アライさん釣り名人じゃん」と話を続けようとするとさえぎって、「うちの田舎の川はすごいよ」と下の川を見ないのに云う。

私は行ったことはないが、「うさぎ追いしかの山、こぶな釣りしかの川」というのはここのことかと思う程「美しい日本」の原形みたいな所だと、おまけに海まであると、口の悪い妹でさえ云う。和製ショーン・コネリーは、森進一の「おふくろさん」を聞くと必ず泣く。学生に見せたいと思う。

ふるさととおふくろさんは同じらしいのである。「兎」という森進一のうたがあるが、それなんかボーボー泣く。田舎の風景とかあちゃんがバーッと出現するそうである。妹は「ソーカネ、ソーカネ、ヨカッタネ」とアッチの方を見ながら云うが、私はいつもいつも心の底からうらやましいと思う。私たち日本人はふるさとは山村地帯、父母は農民と思い込んでいる。太宰治のような地方の大金持というのは私の周りに居ないからだろうか。

ふるさととはどんなものなのだろう。ふるさとを持つという事は、この日本の風土としっかり合体しているという安心感があるのではないか。私は、原風景は何ですかと云われるとむっとする。答えないね。自分でペラペラ自分の原風景とやらを平気でしゃべくる奴は軽薄な奴だと人間性をうたがう。しかし義弟が「うちの田舎はァ」と云うと、「ちっ、またか」と思いながらも、そうだそうだこういう奴だけが答えてよいと思う。

私にはふるさとが無い。ものごころというものがあるなら、記憶のはじめは北京の家の庭である。庭から見あげた泥のへいに囲まれた真っ青な、それはそれは真っ青な四角い空である。その下に咲いていた松葉ボタンと地面に行列していた蟻である。

支那風のガラス戸の、卍形に似ていて違う木の桟である。

それから大連に移った。ドイツ風の街並みと、アカシアのむせる匂いである。はだしで真っ黒けな、私と同じ位の年齢の七歳位の中国人の子供が石炭をかついでいる、広い広いアスファルトの道である。

それから引き揚げ船にのって、ついにはじめて見た日本は佐世保であった。ああ、船の甲板から遠くに見え始めた故国はとてもせこい深みどりのかたまりだった。

はじめて見るのだからなつかしいなんぞと思わなかった。外地の人は日本を内地と呼び、終戦後二年、国に見捨てられた私たちは腹がへっても、「内地に帰れば」「内地のお菓子は」とあらゆる夢を内地日本にたくした。私にとって内地は竜宮城みたいなもののはずだった。

そして山梨の父の故郷に着いた。とても貧しい農村だった。父にはふるさとだったが、私はいつもただ腹がへっていた。本当の飢えは内地の方が本格的だったのだ。

五十一で父は死んだが、十九の私は、父のたましい（というものがあるのなら）が昏睡の間さまよっていたのは、あの貧しい村の自分の家から迫るように見える山や、泳いで学校に行った富士川や魚をつった小川だったにちがいないと思う。昏睡からさめるとうすーく目を開き、山梨の長兄はまだ来ぬか、まだ来ぬか、と目をうろつかせて聞くのであった。

父がふるさとと長兄に空しく手をのばしている様子は、私の胸をおろし金でこする様な気にさせた。百姓の七男の父は馬や牛以下の存在でしかなかったが、父はふるさとを愛していた。愛してもふるさと及びふるさとの人々は、父を愛していたとは思えない。死ぬまで社宅暮しの父は四人の子供と妻のためにせめて家を用意して死にたかったのだろう。長兄が山の材木位は切りおろしてくれるだろうと信じていた。十九の私でさえわかっていた。伯父は父が死んだのを確認しないかぎり来ないだろうと。

しかし愛するのは自由である。父は、捨てられたのに女に未練を持つ男に似ていたのかも知れぬ。ふるさとを持ち、どんな形であれたましいと呼ばれるものがかえって行ったであろう場所を持った父は（父の一生が決して幸多いものだったとは云えなくても）、羨しいと思ってもよいのだろうか。

二年程父の田舎の近くの小屋みたいな家で過ごし、静岡に移った。駿府城の中だった。そこに二年程居て清水に移った。五年は住んだが、中学校は静岡に電車にのって通っていたから、清水と静岡の間で川をまたいで股がさけているような不安定な感じであった。

三年間の清水の高校時代は、記憶がとんでいるのかかすんでいるのか思い出すものが何もない。どうしてもと強要されたら、夕陽に雪の部分がピンクに染まっていた巨大な富士山かも知れぬ。

十八で東京に出て来て、四十数年になるが、何回引っ越ししたかわからない。いつか生れてからの引っ越しを数えたら三十九回だった。それから二回以上住いを変えた様な気がする。

どこの土地にも特別な思い入れはなかった。近くに行くとなつかしいところもあったが、淡々《あわあわ》したものである。

父のふるさとの近くの小屋の様な家を見に行ったことがある。小屋と富士川の間は田んぼだけで、その小さな家につばめが巣を作った時はうれしかった事を覚えている。しかし再びおとずれた時、田んぼにはびっしり全部家がたち、広いアスファルトの道が真っすぐに走っていた。あの小さな家は無かった。まるで違うところに来たのと同じで、パラパラと四軒あった家もどこだかわからなかった。なつかしがる気持を引き出すのは、いんちきくさかった。裏切られた様な、すっきりした様な気がした。

気分としては、私のふるさとは北京であったが、革命中国は私にとっては違う国だと思ったし、それでよいのだと納得した。

街は、街並や家々が作るのではなく、街角やそこに住む人々の叫び声や匂いや物音がつくるものだと思う。うちの門を出るとれんがの細い路地があり、路地を出るのにもう一つ屋根つきの門をくぐって広場になっていた。父と一緒に街を歩くと、北京の旧市街を囲む屋根つきのへいに行きあたり、へいにそって行くと東西南北の門のうちの一つにはすぐ行けた。

開いている門はいつも四角い光の窓の様に見えた。その門の中から荷物をつんだらくだが現れることがあった。ほこりだらけになって長いまつげに黄色いこまかい砂がびっしりつもっていた。淋しそうな目玉を囲んだ長いまつげはゆっくり動いていた。

電車通りのわきに朝早くから食いもの屋の屋台がぎっしりつまっていた。沢山なうまそうな匂いが混ざり合った人々の喧騒。

少しずつ新しい中国の様子を新聞や雑誌で知るようになると、はえが一匹も居ないとか、犬や猫の姿を見かけないとか、犬に食わせる食い物を人間にまわすために食料にしたというのも正しい判断だと思った。

六十年前、冬、外の門を出ると凍死した人が必ずいて、人々はそれをまたいで歩いていた。乞食は居なくなったのだ。家族連れの乞食も居なくなったのだ、本当によかったと思った。

私は冬の北京の寒い朝、赤ん坊を抱いて三人も小さい子を連れた乞食の女を見るのが一番こわかった。明日うちの母さんが乞食になったら、母さんはわーわー涙を流しながら、私位の子やもっと小さい弟たちが、ヒーヒー泣きながら空《から》のかんからを持ってさまよい歩いたらどうしようと思うのがこわかった。

私と母は乞食になってもいいが、体が弱い兄と、ヒョロヒョロやせている父は乞食にするわけにいかないと思うのがこわかった。

乞食も居なくなり、屋台もとりはらわれたと云う。屋台の食い物に真っ黒にはえがたかり、はえを追い払うと黒いもちが本当は白くて、はえがたかる程うまいのだと気にしなかった事が消えた。

何億もの人間を飢えから救った国家はすごい、本当にすごい。

中国に行ける様になってからも、私は中国に行くには複雑すぎる気持を片づけられなくて何十年もたった。中国に出っぱって行った帝国日本を、私一人が責任とらねばならぬ様な気にもなって、しかも私は帝国日本人でぬくぬくと暮していたのだ。

行っても私が知っている街はない。

数年前、中国の紅衛兵だったという人と知り合った。日本でもう十八年編集者をしていて、北京の人だというだけで、何かやたら懐しいのが自分でも変だった。私より二十歳以上若かった。十人兄弟で、文革の時家族十二人が下放されたと云う想像を絶する体験をしている人だったが、でかい体から悠々としているオーラが立ち上るようで、笑ってばかりいた。

「ねえ、ねえ、唐さん、床屋さんが赤い箱かついで、ピーピー笛ならして木の下で床屋するの知っている?」と聞くと、「知りません」。「じゃあ、水屋さんが毎日一輪車にふろおけみたいののっけて売りに来ていた?」「いや水道がありましたよ」「冬の夜に熟し柿を売りに来て、中がシャーベットになっているのまだある?」「いや食べたことありません」。

五十五年も前の事を私は云っているのだ。江戸時代のことを話している人みたいだ私は。私の時間は五十五年も固まっているのだ。固まりっ放しなのだ。

唐さんは何度も北京に行きましょうと誘ってくれた。私は「うーん、うーん」とはっきりしない返事ばかりしていた。

四年前「今度こそ行きましょう。今年はすごいですよ、革命五十周年記念の式典があります。私の兄が軍のとても偉い人、ヒコーキのショウもあります。あの天安門の通りのパレードがよく見えるホテルとってもらいます。大丈夫、大丈夫」「私、泊るなら北京飯店がいい。私覚えているの、あそこにカオヤーズ（北京ダック）食べに行った。屋根の色も覚えているの」。

軍の大物でも北京飯店は駄目だった。外国の報道陣で全部占領されていたと云われたが、外国人ならやっぱり近代的ホテルよりも、北京飯店がいいと思うよなあ。梅原龍三郎の北京飯店の部屋の窓から見た紫禁城の絵は、私の記憶とゴチャゴチャになっていた。

ずるずるしながら私はどこかで決心していて、妹をさそった。妹は大連で生まれ、引き揚げの時は赤ん坊だったから何も覚えていないと思ったが、「ねえちゃん、私北京にも上海にも行ったよ」と云うので驚いた。

妹は八歳私より若いが、八年の年月の違いは心のわだかまりも違う。妹は外の国への観光旅行とあまり違いない様に見え、私は羨ましいような、家から見えた青い青い四角い空を知らないくせにと、優越の気持もゴチャゴチャになった。「私は遊ぶ事ことわったことがないので有名な女よ」と屈託なくうきうき楽しげな妹は全く遊ぶ時は便利な相棒だった。妹は生後十カ月で母の背中にしょわれて、くったりして故国上陸をしたのだ。父は「こいつは日本までもつめえ」と半ばあきらめていたと云う。栄養失調だったのだろう。二カ月後、もつはずのなかった妹は生き続け、しっかりがまんづよかった五歳の弟がころりと死んだ。

ショーン・コネリー義弟は先日、私たちが引揚上陸した佐世保に学会で行った時、わざわざ港まで出向き、「ああ、ここから赤ん坊の妻が日本に帰ってきたのか」と思うとウルウルと感慨無量だったそうだ。生きてさえ居ればこそ、夫が妻のためにウルウルしてくれることもあるのだ。故郷のある人間は人情が深いのではないかと私はしみじみした。

マコトさんが「バブルの残骸見たいか」と云うので、「見たい」と答えて見に行った。丁度家に来ていた唐さんも誘った。

六千坪六十万円というのもあった。そこは山の中腹の平地で、二、三百坪位に区切ってあり下水道・電話・電気の施設が完了していたが、ぼうぼうの草っ原だった。

一軒も家が建たないうちにバブルが崩壊した。景観は素晴しかった。

「もう一つ六万坪六十万というのも見にゆくか」と云うので、「行く行く」とまたついていった。それはただの山だった。「どこからどこよ」ときくと、「このへんからだけどどこまでだろう」とマコトさんは云って何やら書類を広げ、「間違えた、六万坪でなくて六十万坪だった」。

山が三つ位あり谷もあり川も流れていたが、川のへりまで下りていけない程深い深い谷もある。三つの山は登って行く道もなかった。唐さんが「僕買います、大丈夫、大丈夫」と云い出した。

「何するの」ときくと、「雄大な景色を買う、大丈夫、大丈夫」。

「さすが中国人」と思ったが、「山に出て来るいのししも僕のものですか」とマコトさんにきいている。唐さんなら撲殺して食ってしまうつもりかも知れない。「僕、中国の友人達とここで何かして、日本と中国のかけはしになりますよ」。
　二、三日たってマコトさんは「やばいな、唐さん結構本気だったぜ。税金の事なんか聞いて来たよ」。しかししばらくすると、唐さんは「やっぱり、やめました。僕、生れ育った北京に家買いたい」。
　唐さんは日本人の奥さんと三人の子供と二十年近く日本に住んでいる。唐さんと奥さんのふるさとは違うのだなあと思った。


　唐さん一家と妹と私は北京行きの飛行機にのった。

　飛行機の中で、唐さんの奥さんに結婚のいきさつを聞いた。奥さんが北京大学に留学している時、同じ学生だった唐さんと知り合ったそうだ。

　北京大学は父が時々教えに行っていた。休みの日、私は父に連れられて学校まで いった事があった。赤いレンガの高い建物の前で、私は父が出て来るまで、待っていた。

シーンとした大きな建物をあおぎ見て、父がもうこの建物から出て来ないのではないかと不安だった。父は鋲のついているうすべったい赤い紙の箱を持って出て来た。

「国際結婚て何が一番心配でした?」

「今は平和でも、もし戦争なんかが起きたらどうなるのか、それが一番心配でとても決心するの悩みました」

本当に悩んだろうなあ、日本人同士の結婚でさえ悩む。悩みのスケールと深さを思ったけど、元気な三人の子供を見ていると、きっと唐さんは「大丈夫、大丈夫」と説得したのだろう。

革命五十周年の時、私達はホテルから、中国の軍隊のパレードを一日中見た。あとからあとから軍人達が湧き出る様に行進して行った。戦車もゴーゴーと通り過ぎた。

天安門に続く広い広い通りの向うに巨大なビルが建っている。皆新しく、日本のビルとどこか違うでかさだった。中国的でかさと新しさだった。私が子供の頃はチンチン電車が通っていた道など、思い出しようもなかった。

それを見た時、自分がかつて住んでいた家をさがしてみたいという思いは消えていた。私は何をしようとしていたのか、単なる感傷でしかない。恥しい思いがした。唐さんは私が覚えていた所番地を地図でさがし出そうとしてくれたが、住所の表示は新しくなっていた。どこからか古い北京の地図も持って来てくれた。

唐さんの奥さんも子供達も巻き込んで、それらしき場所をうろつき回った。

人々は高層のマンションに住んでいた。私が知っている泥のへいに囲まれた古い路地はほとんど無くなっていた。

わずかに残っていた古い路地に入り込んで行くと、人の家の庭に迷い込んだ。

家の入り口にざくろの木があった。老人がざくろの木の下に居た。

ゾロゾロ庭先に迷い込んだ私達に、老人はとても友好的だった。

家の中にまねき入れてくれた。家の中がひんやりしていて老人の妻らしい人はお茶を入れてくれた。家の中のひんやりした感じだけが、私が知っている五十五年以上昔の北京の家の気配がした。

唐さんと老人は中国語で何か話し込んでいた。「あー、この家もね、もうすぐ新しいマンションになります」。

私は唐さんが昔の家をさがしていると老人に話しただろうと思う。老人は嫌な感じを私に持たないだろうかとはらはらした。老人は何度もうなずいて笑ってくれた。笑ってくれたと思う私、五歳だった私は帝国日本の責任を持つつもりなのか。おばさんは小さな木の実の様なものを細いゴムで連ねた腕輪をくれた。

帰る時、老人はざくろを三つ程もいで手渡して、まだ笑ってくれていた。

そのあとは私と妹はただの観光客にもなった。どこの国でも人々は限りなく善良で、同時にかぎりなくこすからい。

私と妹は観光用にしか残っていない人力車に乗った。大きな通りを横切っただけなのにタクシーの十倍の値段だった。乗る時は十分の一の値段だったじゃないか、あんたはそう云ったと、何語だかわかんない言葉で私はわめいている。車夫はものすごい顔で、中国語でまくしたてて、腕をふってぐいと私に迫って来て、私はタジタジとあとずさっていた。

妹は男の手に札を押し込み、私の手をひっぱってデパートの中にかけ込んだ。「あ、あんた、いくら、いくら払ったの」「最初の値段だよ」「あんた、あのおっさんまだどなっているよ」。二人は走りながら手をつないでふり返りふり返りゼエゼエー息を荒げた。

それから買い物に夢中になって、しこたまカシミヤのセーターなんぞを買い込んで出口に行くと、先に歩いていた妹が「キャー」と云って戻って来ると、「居るんだよ、居るんだよ」とゲラゲラ笑いながら、私をつかんで店の奥に連れて行った。「誰が誰が」「車屋、車屋」「えっ」「出口で見張っている」「えっ」「客待ちしてるんじゃない」「もう少し店の中に居よう」。

私たちはまた、いりもしないきれいなものなんか買ってしまった。「違う出口から出ればよかったんだ、こっちから出よう」。すると妹はまたすごい勢いで戻って来た。「居た。また居た、こっちに」。車屋は一商売して、こっちに客をつけて、そのまま待っていたらしい。

また、北京に来る事があったら、私はただの観光客になろう。

唐さんは十人兄弟の末っ子だそうだ。

私は初めて中国人が住んでいるマンションの中に入った。マンションだった。私が知っていた中国の家は皆、うすぐらかった。マンションは明るく遠くまで見えたが、視野をまた別のマンションがさえぎっていた。四角いスペースを区切って部屋にするのだから多分間取りも日本と変らない様だったが、一つ一つのものが日本と微妙に違っていて、柱や桟などが黄色くぬってあってめずらしかった。

しかしそのうち家というものも世界中同じになるだろう。建築雑誌に出ている様な国籍不明のモダンなものになって行くだろう。金持から先に国籍不明になるのだろう。

朝ごはんをごちそうになった。朝ごはんのおかゆは外で買うそうだ。上にのっかっていた揚げパンの千切ったのがなつかしかった。

末っ子の唐さんが一番特別に大きい。兄さんを見下しながら唐さんは時々末っ子の表情になるのが面白かった。

そのお兄さんが何番目のお兄さんかわかんなくなった。「一番上の兄は、僕にはお父さんみたい」だからきっと一番上のお兄さんではなかったのだろう。

大人になった兄弟が会うのはいいなあと思った。きっとふるさとは土地でなくて人なのかも知れない。

もう昔のことになってしまったが、日本共産党に伊藤律という人が居た。ロシアだか中国だかに自己の思想と信念で日本を捨てて渡った人だったと思う。その人が、年老いて日本に帰って来た。帰って来たら裁かれる人だったのかも知れない。帰国した理由は、故郷に帰りたかったということだった。新聞でその記事を読んだ時私は目からうろこが落ちた。いかなる思想も信念もあてにはならん、頭で考えたことはふるさとが恋しくなる心持ちには勝てんのだ。

その時、私は故郷というものに何の関心もなかったが、頭で考える事にあまり信頼を持たなくなった。考える頭もないのだからむしろしめたと思ったのかも知れない。私は野蛮人のまま大人になり野蛮人のまま死ぬだろう。

そして年月は矢の様に去り、この間よど号の人達も帰って来た。ふるさとと日本は頭の中ではなく細胞を流れる血の中に抗いがたくあるのだろう。

よど号の人達にくらべると義弟ショーン・コネリーのなりふりかまわぬ故郷への思いは何とまっすぐなものだろう。幸せもんである。「うさぎ追いしかの山」、しかし義弟のうさぎは「私のうさぎ」ではない。「他人のうさぎ」だと思う。

ふるさとはうさぎ追いし山、小ぶなつりし川ばかりではない。三十代の男が、俺の遊び場は新宿副都心のビルの中だった、あっちのビルこっちのビルのエスカレーター、エレベーターを熟知し、ピカピカで巨大なビルの中でかくれんぼをしていたと聞いた。

夕刻、暮れなずむあかね色の新宿の空を見、そこに林立しているビルをみると胸がしめつけられると云っていた。何かかっこいいなあ。

若い知り合いを車に乗せて走っていたら、「おっ、ここおれのふるさと、おっ、蛙公園、懐しいなあ」と云った時も驚いた。団地がふるさとの人も居るのだ。

「あそこの角が小学校でさ、入学式の時ランドセルに桜の花びらが五枚も六枚もくっついてさあ、ここの桜が俺の桜だなあー」と目玉をきょろつかせていた。

何が原因だか知らないが、マコトさんは親にカンドウされて北軽井沢に長い間帰らなかった時があったそうだ。

その年月マコトさんはいつも心の中に浅間山がドーンとあったと云う。「もう、浅間山は俺のよりどころだったってわかったねェ。浅間山さえあれば俺はゆるがないって思ったね」

そういうのを聞くと根なし草の私は、羨ましくそれがどんなにドーンとゆるがないものかわからないのに、自分の人格にさえ自信が持てなくなる。

私はしかしまごうことない日本人だと思う。初めて行った山があったり田んぼがあったりする場所で、夕暮れになり、どこか知らない見えないお寺から、ゴーンと鐘の音がひびいて来たりする事がある。初めて来た所なのに私は千年も前からそこにいたように、胸をかきむしられる様に懐しく思えてしまう事がある。ずっとずっと千年も日本人だったんかとしんみりする事がある。

いつか一緒に居た人に、「やたら懐しくない」ときくと、「全然、何とも思わない」と答えた人がいた。どうしてか、私はムカッとして、「お前日本人か」と思い、「外国で死んでも平気?」とさらにきいたら、「平気だと思う」と答えた。こういう人とは友達になりたくない。いつか友達でなくなっていた。

謎の人物「ハヤシさん」

「ねえ、お宅さあ、朝鮮人参使ってなくて古くなっているのある?」「そんなものないよ、そう云えば誰かに粉になったのもらったけど捨てたよ」「ちがう、しわくちゃなじいさんが股ひらいて、毛が生えてるみたいの」

ずい分前、私は韓国の友達に朝鮮人参をお土産にもらった。大変高価なものらしかったが、私はあれは男の精力剤かと思っていたから、ほったらかして何年もたった。料理の本を見ていたら「サンゲタン」という料理は鶏をまるごと、朝鮮人参と煮込んだスープであった。腹の中にもち米をつめて、何時間も煮るのである。

作ってみたらまことに美味であり、体がホカホカして、何か「利いている」感じがした。風邪の時など大変結構なものである。私は風邪でもないのにせっせとサンゲタンを作り、朝鮮人参は無くなった。それから思い出しもしなかった。

そしたらある日、急にサンゲタンを食いたくなった。私は誰の家にも使われない朝鮮人参がころがっているにちがいないと思い、サトウ君ちで聞いたのである。

サトウ君ちには、謎の人物「ハヤシ氏」が丁度いた。サトウ君は特別な人で、誰とでも親しくなる。男たちよ、老後の幸せは友人が居るか居ないかだけである。金も地位も容貌も関わりない。サトウ君は、人間に対する評価のボーダーラインが無垢なのだ。余計なものさしが無いのだと思う。

ある日、ピンク色の頬がつやつやした、白髪をきれいに七、三に分けた、かっぷくのいい紳士がサトウ君ちにいた。その人物はいつ会っても、ど派手な白黒のセーターを着ていた。大地が日照りでキレツが入った様な模様である。

私がマリちゃんに、「あの人セーター一枚しかないの」と聞くと、「ううん、はじめに会った時、ハヤシさんそのセーターすごく似合うって云ったら、ずーっと同じセーター着てる。あの年であんなセーター似合う人、ハヤシさん以外に居ないよ」。白黒のセーターは、ほとんどハヤシさんの皮膚だった。

ハヤシ氏はやたら金持ちで、やたら閑があり、やたら元気で、軽トラに乗って走り回るそうである。

「あの人何者?」と聞くと、サトウ君は「それが謎の人物なんだよ」としか答えない。いつか謎の人物は、「若い時は、僕は湘南ボーイでね、ヨット乗っていましたよ。裕次郎より前ですかね」と云った。どうも階級も育ちも違うらしいのである。「へー、ヨット、私なんか引き揚げ者だもんね」と云ったら、謎の人物、云ったね。「いや、いや、ご冗談でしょう」。私はあんなに驚いた事はない。引き揚げ者を「ご冗談」と云った人は、初めてである。私は呆然とハヤシ氏の顔を見つづけた。

それに謎の人物は料理の達人であり、いつかサトウ夫妻と招待されたら、「タコシャブ」というめずらしいものを食べさせてくれ、一流料亭の様なしつらえであった。私はあさつきをあんなに細く切る事は出来ない。酒を飲むガラスのコップなど冷蔵庫で冷やして曇って出て来るのである。

私はあんなふうに人をもてなせと云われたら寝込むね。庭の中に足もとを照らすライトが沢山ついていた。一個十五万円したそうである。とりつけたのは自分だそうで、やたらと機械ものに強いのである。田園調布にも大森にも家があるらしいが、何者であるか誰も知らない。

「何するの」。マリちゃんが云うので、私は「サンゲタン」がいかに美味であるか話した。謎の人物が云った。「いやごちそうになりたいなあ」。しかし朝鮮人参など手に入らないだろう。何万円も金出して手に入れる気はない。次の日の朝早く電話が鳴った。早朝の電話など誰かが死んだかと驚く。「いや、朝鮮人参ですがね、中華料理『〇〇』に行ったんですわ、そしたら奥さんが病気になって昨日店閉めてしまってましてね」。そ、そんな事までしてくれなくて、よ、よいのよ。次の日また電話が鳴った。「漢方薬屋に行きましたらね、ガラスのびんの中にあったんですわ。そしたら、あれは売り物ではないと云われましてね」。そ、そんな、軽井沢に漢方薬屋なんかあったかしら。

そしたら、別の日また電話が鳴った。「いやあ、インターネットで調べましたらね」、私は年寄りがインターネットを駆使するというだけでのけぞる。「あったんですわ、朝鮮人参農家が」。えっ、日本でも朝鮮人参作ってるのか。「それが望月なんですわ」。望月ならすぐである。一時間も走れば行ける。私、電話の前で平身低頭した。「僕が行ってきましょう」。そ、そんな。本当に軽トラですっとんで行きそうである。電話番号だけ聞いた。いやあ、本当に謎の人物だなあ。

そして私は朝鮮人参農家に電話した。「うちは個人には売らんよ」小父さんはきっぱり云った。しっかり地面から生えて来たような声である。

「あの、沢山買えば売ってくれますか」「まあ、売らんでもないね」「最低どれ位なら売ってくれますか」「そうだね、一キロなら売らんでもないね」。一キロ。あんな軽いもの一キロも買ったらどうなるんだ。農家氏は云う。「高いよ、売るまでに最低五年はかかるからね。朝鮮人参は少しずつしか育たないからね。ゴボウとは違う。何に使うんだね」「料理」「ホウ」「五百グラム売ってくれません？」

「ウーム、五百ね。奥さんどこに住んでいるかね」「北軽井沢」「あー、北軽井沢、ワシ行ったことあるで、ホレ、ツチ屋って米屋あるだべ」「ある、ある」「じゃ、一っ走りだよ。奥さん、旦那に乗っけてもらって、来いや」「旦那いないんだけど……」「ヘッ、一人」「そう」「旦那いないの。へー」。

私は何故かあわてた。「居たよ、居たよ。前は居たよ。二人も居たよ」……「えっ、二人、へー。二人!!」…………。不気味な沈黙である。

「あんた、何しているの」。小父さん立ち直ったみたい。「絵描いているんだけど」「へー、絵描いて。へー、絵描いているの、絵かきさんかね」。絵かきさんと云われる程のものでもないので困ったね。朝鮮人参農家は閑なんだネェ。何だか、私、自分の一生分話した様な気分である。

「五百グラム宅急便で送ってもらえるかしら」「いいけどね。今、ファックスで、あんた、ファックスあるかね」「あります、あります」「ファックスで住所送るから、現金書留で金送ってもらって、ついたらすぐ送るよ。金もらわんで送るわけにゃいかんだろ」。ごもっとも、ごもっとも。「ねだんもちゃんと書いておくから」。ハイ。ハイ。

すぐファックスがついた。私はすぐ郵便局に行った。安いような高いような値段である。満足したような安心したような、うれしいようないまいましいような気分である。

間をおかずに菓子箱大の宅急便がついた。包んである紙はしわしわで、農家は物を大切にするなあと、私は古き良き時代の日本の良識を感じた。開くと、本当に相当古いらしい赤い菓子箱が現われた。良い感じ。中にお手紙が入っている。筆ペンで朝鮮人参のような字が書いてある。今年の若い生のものも入れました。これは天ぷらにして食べるとうまい。ひげだけしばってあるが、これは、一番薬になる部分です。そして乾燥した朝鮮人参が沢山入っていた。ひげと生ものはおまけらしかった。八千九百円であった。これだけあれば何年もサンゲタンを作れるだろう。

顔も知らないが、朝鮮人参農家の人はとてもいい人らしかった。すぐ、丸のままの鶏を買いに山を下りた。とんでもなくでかい鶏しかなかった。うちにある一番でかいバケツ程もある鍋をストーブにかけ、まきを熱心に放り込んだ。にんにくと鶏の匂いと、かすかに苦い朝鮮人参の匂いが家中にひろがった。丸二日火にかけ、少し多めに米を入れたサンゲタンが出来た。ちいと鶏がでかいなあ、小錦を煮たみたいだなあ。

大変美味である。鍋ごと車に入れてサトウ君ちに行った。もちろん、謎の人物ハヤシ氏にも来ていただいた。人々は鍋のでかさにまず歓声をあげてくれた。ふたをとると、頭がないのに上を向いてねているでっかい鶏が居て、白くにごったスープに少し米が浮いている。

じいっと見入っている。

「これ、これね。肉ははしでほぐれるから、お腹の中のお米をほじくり出して一緒に食べるのヨ。スープ沢山入れてね」。私は気分が高揚して声も高めである。

「ホー」ハヤシ氏は低めの声を出した。

「へー」マリちゃんはどっちかと云えば、気味悪そうな声である。

「食おう、食おう」サトウ君は何故かやけっぱちみたいである。

私は一口食って、「やっぱうまいなあ」と腹の中で満足した。声に出して云いたい。……ね、おいしいよね……。しかし人々は沈黙してスープをすすり、肉をほぐして食っている。シーンとして、でかい鍋を前にしているのである。いつまでもシーンとしている。

マリちゃんはついに云った。「あの、これ本当はどんな味しているの」「こういう味だよ」私はがっくりした。「食ったことないから、うまいかまずいかわかんない」サトウ君が云った。「ふえっ、ふえっ、ふえっ」謎の人物は笑った。

それから三日間、私はでかい鍋の中のおかゆを食い続けた。食うたびにうまいなあと思う。謎の人物は、「あの日風邪引きかけていたの、治りましたよ」。本当かよ。「あれ、お通じにいいみたいよ。スルリと出たよ」。へー、よかったね。しかし、また食いたいとは誰も云わないのである。日が経てば経つほどうまくなる。

私は毎日朝めしはこのおかゆにしよう。これはスープが身上である。何も丸ごとでかい鶏を仕入れることはない。鶏ガラでいいのだ。そういえば近くに鶏牧場があった。地鶏の卵を売っている。肉はかたくて食えなかったが、ガラはいいだしが出るだろう。鶏ガラは袋に入って百円だった。百円かあ、安いなあ、うれしいなあ。

家に帰ってビニール袋をあけて、中の鶏ガラを蛇口で洗った。一羽かと思ったら、何と、鶏ガラは三羽も入っていた。骨だらけになってしっかり三羽抱き合っていたのである。私は感動した。死んで骨だけになってしっかり抱き合っている。一羽かと思う程しっかり抱き合っている。

それから毎朝、私は朝鮮人参おかゆを食っている。誰にも云わず、誰にも食わせず、ほろにがいおかゆを食っている。スープは一回分ずつ小分けにして冷凍してある。

そう云えば去年の秋、ハヤシ氏がリンゴ農家に連れていってくれた。農家の夫婦がリンゴをもいでいた。私はリンゴがまだ木にくっついて赤々と輝いているのを初めて見た。太くもない枝はずっしり重いリンゴがゆさゆさしていた。大きさのそろっていないリンゴは格安で、もいでから五分もたっていないのを沢山買って知り合いに送った。ハヤシ氏と農家の人は長年の知己みたいだった。マリちゃんに「ハヤシさんの親戚か何か?」と聞いたら、「ううん、この前通りかかっただけなんだって」。

謎の人物ハヤシ氏に感謝し、どこで知り合ったか、謎の人物を連れて来て私に紹介してくれたサトウ夫妻に感謝し、顔も知らない朝鮮人参農家の主人に感謝し、まだ自分で料理が出来て、うまいと思える私の年齢にも感謝している。うまいのになあ。

金で買う

留守してたら、宅急便屋が来て、不在票が入っていた。生鮮食品と送り主の名前があった。あっ、山陰に住んでるあの人が今年もお魚送ってくれたんだ。いかとか貝とかいっぱい入っていて、去年も一人では食べきれなかった。毎年送ってくれるんだ。

その日はサトウ君たちとちょっと遠い美術館に行く事になっていた。私はボール紙に「宅急便屋さんへ。ハンコは箱の中にありますから、荷物置いていって下さい」と書いて出かけた。

どこかに出かけると一日仕事でたいてい夕食を食べて帰る。その夕食をどこで食べるか決めるのがなかなか大変で、なかなか楽しみの事であったが、その日は、サトウ君たちに会うやいなや、「ね、今日うちにお魚来るから、多分おさしみで食べられるから、夕食は、うちで食べよう」と云った。「でも洋子さんちに寄ると違う道で帰んなくちゃなんない」「いいよ。少し位回り道してもお魚食べたい」とマリちゃんも云った。そして、帰りは道を迷ったりして、どんどんおなかがすいて来たが、みんな我慢した。真っ暗になっても我慢した。サトウ君なんか、お腹の中で、魚なんかどうでもいい、ラーメンでいいよと云いたいのを我慢していたと思う。

家につくと、玄関に白い箱がぼうっと見えた。「ホラネ、魚だ、魚だ」と私は家の中に箱を運び込んで電気をつけた。私は箱を見て呆然とした。マリちゃんも「めしだ、めしだ」と私を押し込むように入って来た。

「これ、魚じゃない、梨だ」と云った時のサトウ君の顔が忘れられない。体を二つに折って、スカスカの声で、「ヘッヘッヘッー、ナーニヨ」。あんなに困った事はない。早とちりに人を巻き込んで恥しかった。「梨はめしのおかずにならないからナー」。その日、どこで夕食を食べたか忘れた。私は「途中から気を変えるなよナー」と送り主を逆うらみしたりした。

立派な梨だった。袋にいくつも入れて、マリちゃんに持たせたが、まだどっさり残った。次の日袋にまた入れて、いくつかアライさんちに持っていった。

私は何かもらうとアライさんちに持って行く。

ある日アライさんから、「夏ハゼの実、もうもげるで」と電話がかかって来た。

夏ハゼの実は、ブルーベリーよりも、ずっと上等でおいしい。どこにでもあるものではない。ジャムにすると私は、誰かにやったりしない。夏ハゼの実の木は、アライさんちの作業小屋の前に三本立っていて、黒い実が光っていて、葉っぱは真っ赤になっている。

アライさんの奥さんは、「これはサノさん用の木だ」なんていってくれるから、私は得意で得意で、そういう顔をして実をもいでいる。

ある日、アライ夫妻を夕食に招いた。招いたと云う程の食い物があるわけではないが、私は日ごろのお礼の仕様がないのだ。友達も居た。アライさんは茸を沢山お土産にもって来てくれた。見たこともない真っ赤な、白雪姫に出て来るような丸い大きな茸や、真っ白な茸もあった。アライさんは仕事を終えて、山に茸を採りに行ってくれたのだ。アライさんは茸採り名人というタイトルのテレビに出たことがある。

茸は素人にはとてもあぶないもので、茸で死んだ人も、腹いた起こして病院に行った人も知っている。この村は、しめっているので、茸はやたら出るが、私は絶対にとらない。「これはバターでいためる。うめえで」と云われて、バターいためしてみんなで食べた。色や形が美しくて、新鮮で、本当にうまかった。次の日残りをオムレツの中に入れたら、もっとうまかった。

友達が、寝る前に、「あんた、おみやげって土産っていって、こういうもんなんだねェ」と云った。本当に土産っていう字をしみじみ思い描いた。私達は、どこかにお土産をもってゆく時、金で買う。当り前だと思っていた。「そーか」「そうだったんだァ」

私は、梨のお礼にじゃがいもを送った。土地の産物ではあるが、私は金で買う。

私がもらうもの、私が人にあげるものは全て、金で買うものである。そして金を得るために私は一生を費やして来た。

ほとんどの人間は、ことに都市生活者は似たりよったりだろう。この村で生活していても私は金でしか生きられない。

テレビがある。毎日見ている。その上に地球儀がある。その地球儀は帽子かけになっていて、帽子をかぶっている。そのうしろにしっくいの壁がある。天井があり、と無限に物が私を囲んでいる。全て金を払ったものである。息するにもきっと金がかかっているのだろう。食いもので命をつないでいるが、水でさえただではない。アライさんちに行くのに乗る車でさえ、走りながらガソリンを消費する。当り前すぎて愕然とする。よく生きてこられたよなあ。山の尾根を片足でとびはねて生きてきたみたいでぞっとする。

いざっという時に農業は安心だとアライさんの奥さんが云っていた。安心とひきかえにたえざる労働ときびしい自然とたたかわねばならぬ。私の仕事はあの労働にくらべれば遊びみたいだなあといつも思う。

ある時、アライさんに、「百姓はむずかしいもんだ。俺が五十年百姓してても五十回しか経験は出来ねェんだよ。トマトならトマト五十回しか経験できねェんだよ」と云われた時ショックを受けた。

私は失敗したらただちに書き直し、何千もの絵を書きちらした。その上私の絵なぞこの世からなくなっても誰も困らない。実にあやうい人生であるが当り前と思っていたし、これからもそうやって生きて行く以外、何の手だてもない。

大晦日の夕方、ひきたて、切りたて、ゆでたてのそばをもらいに雪の中を走る。暮れの二十九日にはもちつきを見に行って、つきたてのもちを大根おろしで食べて、正月用ののしもちまでもらう。

私の心はもう得意満面。世界中にどうだ、どうだと鼻の穴をふくらましていて、ひゃかひゃかうれしい。うちには、誰かがもって来てくれた上等のかまぼこなどもあり、急いでおすそわけをしても、何か金で買ったものは位が下の様な気がする。高価であればある程、どこか浅ましさが感じられる。

でも仕方がないのよ。仕方ないわよね。

その様にして五年暮して来た。

いくらこの先長生きして、ここで暮しても、私は土地の人ではないし土地の人にはなれない。所詮都会もんの気まぐれな生き方だと肝に銘じている。

生れた時からの根無し草で、あちらこちらをさまよい暮して、どこにも根を張れなく、そんな人達が集まり生きて来ている都会で人生のほとんどをすごした。仕方ないわよね。私だって、私なりに一生懸命だったわけ。仕方ないわよね。

さっきもアライさんから電話で、「野菜とりに来いや」と云われ、大喜びで、トマトとピーマンとなすとモロッコインゲンを畑から沢山もいで来て、うどんと野菜の天ぷらで昼食を食った。うめーの。

オウ、何か文句あっか。私はアライさん夫妻にめぐり逢うように神様がとりはからってくれたんよ。神様にえこひーきされてるのよ。オウ、文句あっか。

しかし、私はその恩恵をどうやって返したらよいのかわかんない。神様、ありがとうございます。

マリちゃんから電話があった。

「洋子さんの好きな、徳島のお茶がおじいちゃんから送って来たよ。とりに来る？」「行く行く」。行ったらマリちゃんが、「お茶かと思ったら、せんべいだったよ」。

そして私はまた、きっとそのせんべいの半分をアライさんちにもってゆくんだろう。

あとがきにかえて

六十の還暦を迎えた時、私は呆然とした。私の友人は六十歳が多かったのでもう少し若い友人達がお祝いをしてくれた。六十のババアでもはしゃぐ。ゾロリと並んだ還暦ジジイとババアは、赤いブラウスを着たり真っ赤なベストを新しく買い求めたり、中には真っ赤な和服を着用したりする人もいて、大いに盛り上がった。お祝いに皆、揃いの赤いスオッチの時計を贈られて、ますます嬉しかった。

華僑の妻の様に見える貫禄の女は真っ赤な和服で、「ねえ、ねえ、六十って、すごく嬉しくない。何でも自由に出来る時がやっと来たと思わない。もう私の未来キラキラ光るみたいよぅ」と発言した。しかし私は呆然とした。私にとって六十はついに来たかどんづまり、人生の山場の尾根まで登って、あとはころがり落ちるばかり死の谷に向って立っているとしか思えなかった。

前向きの人生と、いじましく老いにつかまれたと感じる性質の違いに、反省と自戒を思ったが、私の腹の底は強情に、やっぱりころげ落ちるのだという石みたいなものが動かなかった。

華僑の妻みたいな友人は、岡本かの子が老いて「いよよ華やぐいのちなりけり」とうたった事を思い出させた。田中澄江が、体力的にも精神的にも六十代が自分の人生の盛りであったというような言葉を書いていた事にも、私は驚天していたのだ。鶴見和子が重い脳梗塞の手術のあと、ほとばしる様に、短歌をうたい上げた事にものけぞる思いだった。そういう人達は特別なエリートなのだ。

私はもう人生おりたかった。おりてトボトボと歩きたかった。ほとんどの人間は天才でもエリートでもない。

私には体力的にも精神的にも衰えゆくという自覚しかないのだった。「死ぬまで現役!!」とスカートを広げてくるりと回った同じ年の友人もいた。「あたしゃ、もういい!!」と五十にしか見えないその人を見ながら思っているのだった。

私は生きる意味を見つけ出しかねた。子供が育ち上がってから、私は何の役割もないのだった。私はウロウロするばかりで、それでも、その日その日を生きていて、飯食って糞して、眠るのだ。それなのに、私はゲラゲラ笑い、視線は空よりも地面に向かい、春のきざしの蕗のトウをさがしに行き感動して、泥棒のように蕗のトウを集めて、つくだににして、飯にのっけて「うめェ」とうめくのだった。地面にはって咲くパチッと開いた、名前を知らない小さな白い花を、しゃがんでいつまでも見ていた。

そういう時、私は深くしみじみ腹のもっと下の方から幸せだなあ、こんな幸せ生れてはじめてだなあ、今日死ななくてもいいなあ、と思うのだった。意味なく生きても人は幸せなのだ、ありがたい事だ、ありがたい事だと、ヘラヘラ笑えて来た。命をころげ落ちながら、ヘラヘラ笑う事にぎょっとする事もあったが、顔はヘラヘラし続けた。

仕事なんぞしたくもないのだ。金の心配をしながら、九十まで生きたらどうしよう、呆けたらどうしようと、暗闇に突っこまれた様になったが、ひどくたびたび突っこまれても、考えたからって、どうなるものでもなかった。一生懸命心配しても呆けない保証もなく、もしかしたら百二歳まで生きてしまうのを止める事も出来ず、今運よく心臓発作におそわれるかも知れない。しかしそれは人の力をこえる事だった。

五年程、私は群馬県の山の中で暮している。冬になると、村の中で私だけが住んでいた。夜になるとインクつぼの中に居るみたいな暗闇の中で生息している。雪に降りこめられると、車が車庫から出せなかった。私はそこで生活する必要は別にないのだった。東京へ帰ってもかまわないのに、私は理由もなくそこで日をすごしていた。何で、私はここに居るんだろうと、たびたび思った。

夢を見た。

机の上に白い花を沢山つけた夏椿の枝がどっさり置いてあった。人が沢山いて動いていた。夏椿の枝の向うに女の人が動き回り、そこは台所らしかった。赤いおわんにすまし汁が張ってある。赤いおわんははるか向うまで果てしなく並んでいた。私の役目はすまし汁の実を一つずつ入れる事らしかった。すまし汁の実は夏椿の花を一つずつ入れるのだ。私は枝から花をちぎり、赤いわんに一つずつうかべる。一心不乱にちぎってはいれちぎっては入れる。だんだんあわてふためいてちぎる。突然私は川に落ちている。まわりに白い夏椿の花がぷかぷか浮いていた。

私は泳ぐでも泳がぬでもなく、水の中でバタバタ手足を動かしていると、水があい色の筋になって流れ出した。あい色の染料の玉が水に流れていて、そこから濃い水が次第に淡い水の筋になって流れてゆくのだった。

玉はいくつもいくつも流れて来た。

その時は水はただ澄んだ青い筋がゆれていて、夏椿などどこにも浮いていなかった。

水は冷たくもなく温かくもなく、サラサラと私の体の外側に分かれて青い筋がリボンの様に遠ざかっていく。何としめたことだろう。こんなきれいな水に浮いている果報者の私よ。嘘みてえ、夢だもんなと夢の中で私は思っているのだ。すると木の桟橋に私はぶつかり、私ははいあがると、新しい木の匂いがする細い橋がまっすぐに水の中にのびていた。私は細い桟橋に立っていた。私はすっきりとかっこよく立っていた。見ると桟橋の両側に夏椿の白い花をつけた枝がずっと並べてあった。夏椿の花道である。

そして木でつくった小さなお宮が桟橋のつきあたりに立っていて、アーチ形の入り口があった。白い夏椿が組み合わされてアーチ形にふちどられていた。ああそうか、あそこが死ぬ入り口なのだ。へえー、こんなきれいなところが死ぬ入り口なのか。死ぬってこんなにいい気持できれいっぽいのか。了解!! と思ったら目が覚めた。

目が覚めても、了解!! と私は思っていた。そしてベッドの頭のところの障子をあけた。するとそこから一番近い木が一つだけ白い花をつけていた。夏椿だった。本物の夏椿だった。えっ、えっ、私、もしかしたらもうすぐ死ぬのかしらん。本物の夏椿まで咲いているのか、了解!! いい気持だった。結構じゃないか。

しかし、私は全然死なないのだ。日々飯を食い、糞をたれ、眠った。アライさんのところに野菜をもらいに行き、衿子さんちで夕食を招かれ、サトウ夫妻と佐久のジャスコの百円ショップに出かけ、呆けた母を見舞い、妹とけんかし、テレビを見てむかついた。むかつくと、年々むかつきかげんが仮借なくなってゆくのがわかった。年寄りというものは十四歳の少年のようにむかついているのだろうか。むかつき度の濃くなっていくのは私だけだろうか。一人で暮している私は、気がつくと不機嫌なのだった。心配になって友達に電話した。「そんなの当り前だよ、一人でニヤニヤしている人がいたら不気味じゃん。一人の時は人間は機嫌がいいわけがない」。そーか、一人で居るときは不機嫌が常態なのか。しかし私はうっすらと気づいていた。そう答えそうな気むずかしい友達をえらんで電話しているのだった。

そして、私は不機嫌なまま六十五歳になった。

解説　洋子さんと麻雀のパイたち

長嶋康郎

朝、目を覚ますと、ベッドの上に仰《あお》を向いてシーツのように張り付いて寝ている自分がいて、薄い胸の中が大きな瓶《かめ》の底のようで冷たくてとても淋しいものがそこに横たわっているのを感じた。

少し膨張性のあるその銀河のような淋しさの塊はしばらく居座って、身動きが出来ないのだった。片付けてしまわなければいけない、人との約束や仕事、段取り、役所の手続き、とりあえずになったままのたくさんのこと、そればかりか自堕落に遊びほうける力や甘えきる生活、何もかも、自分の楽しみや欲望、感動する心すらがその淋しい塊の前ですっかり無力であるのだった。

(などとその日の朝だけぐずぐず感傷的になったりしていた)

佐野洋子さんと初めてお目に掛かってからお話しするようになれるまで十年くらい要《かか》った。自分の先のことも周りの人のことも考えず、思い付くまま露店商などをやっていた頃、僕は毎年夏を過ごしていた群馬の山荘近くでも古道具の露店をしていて、同じ村に居合わせた洋子さんが何か買ってくれていたらしい。

何年かして山のエリ子さん宅で紹介されたとき、洋子さんは画家のモデルさんのようにじっと静かに座ったままだった。会釈でなく頭を折りたたんで御辞儀をした。

「佐野さん、人見知りだから」

エリ子さんは僕を紹介するまでのタイミングを、イリオモテヤマネコに餌付けをするくらい慎重にしていたらしい。

僕の小さい頃、オリジナルな絵本作家というのはあまりいなくて、だから絵本というのをよく知らない（子供に買ってやることもなかった）。それで佐野洋子さんの絵本を読む機会を失ったままだった。なのに何となくよく知っていた。いじわるそうな拗《すね》たような哀しいような意固地のような、そのくせ人に良くしてしまい、なのに誰にも頼ったりしない、という決意がその目差《まなざし》にある、あのキャラクターを僕は一度見ただけで忘れられないでいた。だから逆にうっかり本を開いて迂闊な自分を見透かされそうで触れられないままだった。

ある日、何か満《み》月《つき》がやって来たのか、子供が突然しゃべり出したときのように洋子さんは急になれなれしくなった。

「ネエネエ、あのサーあ」

山のちらかしっぱなしの万年火燵（夏なのに）に入って倅とラーメンを食べていると、洋子さんがやって来て、接待用の食堂の間《ま》を通りぬけて同じ火燵にもぐり込むなり、「サ」が鼻に脱脂綿を詰めたような声音でしゃべり出したのだった。

それから東京で麻雀に誘われるようになった。洋子さんの麻雀は勝負より手作りにこだわる。高い手というよりきれいな手、くばられてくる麻雀パイからいっとう美しい手を目差す、らしい。自分の番が来ると、

「コイッ！」

声に力が入る。そして、

と、来てくれたパイを犒《ねぎら》う。順番に取られていく麻雀のパイたちは、人の手でジャラジャラ掻き廻され実に適当に（そうでなければイカサマになってしまうわけだが）、ヘラヘラと積まれて並んでいるだけなのに、そんな安易なパイたちが恐縮するほどに自分の運命を託す（丹精して残した人々の着物や、花や生きものの美しさのように、きれいな手を作っていく自分でありますように）。

ある時、麻雀仲間の常連さんで、洋子さんに平気でダメ出しできる間柄のタケウエモンさんが何かに気付いて言った。

「あんた、ちょっとそれ何？　何やってんの？　ちょっとちょっと!!」

見ると緑色の麻雀台の上になにげなく洋子さんの左手が拳《こぶし》を握って置かれていた。握りしめた拳の山が白くなりかけている。

「あんたそこに何隠してんの？　ちょっと！」

「ジーッ」

「おいおい、そんな、しらばっくれたって拳が丸見えじゃん?!」

「エライ!!」

「ウーッ」

それからじっと堪《こら》えていたが握りしめていた左の掌をおもむろに開いた。中に麻雀のパイが一つくっついていた。

いつの間にか自分のパイの数が一個多くなっていて、それは通常ターハイと言ってチョンボである。即、罰金刑の違反だ。けれどうっかりしてパイが一個少なかったり多かったりすることがズルではなくママある。あるがそうなると言い出しづらい。進行するうちに辻褄が合わなくなってきて終いに自己申告せざるを得なくなる。このパイを何とかどこかに無くせないものかと思ってもそうそう手品のようなわけにはいかない。結局その辺で白状する、普通。しかし無謀にも皆の目の前の手の中に隠してしまったとたん、その手が妙な動きも出来ず机上に不自然に動きのない拳を作って握りしめていた。拳の山が白くなるほど。

洋子さんはオモラシした子供のようにひたすら「ジーッ」。

「何なんだよ、手が白くなってるじゃんかよ!」と、タケウエモンさんの言い分ももっぱら隠し方の拙さに向いてくる。

「そんなんでごまかせるはずねーじゃんか」と言いながらも皆、チョンボーと言うのも忘れむしろ逆に妙に感心した気分でもう一度やり直しにジャラジャラかき廻す。洋子さんは、だっても何も言い訳がましい一言もない（実際、子供だってこんなほんとの子供みたいなことするかしら？）。しばらくしてまた麻雀に誘われて行くと、「佐野さん、最近強いんですよ」と一人が言う。

「最近って何よ」

洋子さんは笑いながら言う。フリコミもしないし「惜しい」じゃなくて上がる。けっこうシブイ手でも。「どうしたんだ？」とタケウエモンさんが訝《いぶか》る。

「私、わかったの」

洋子さんが発表するように言う。そう言ってあとは無言。皆がいっとき間をおいて問う。

「何が？」

麻雀相手の三人の声が揃う。

「……おしえない」

洋子さんはきっぱりと言った。

だがどうやら本当は自分でもよく分からないらしいかも、と思える。たぶん、身体（心）が分かったことをやっているのだから、人に説明することばを知らない、というだけなのだろう。身体（心）が分かったことしかしないのなら、きっと恐いものなしだ。

洋子さんの文章を一編でも読むと、確かなことについて説明ではない上も下も右も左も前も後ろもその通りに語る真実さがいつも伝わってくる。自分をその通りに身を置ける、その通りになぞれる姿は、脱皮する前の、実際にはあんまり見られないかもしれないほんとの子供（洋子さんなら使わない表現）の姿のようだ。

冷たい瓶の底の朝の日の夜、僕は同じ床に入って洋子さんの白くなった拳を想い出していた。その滑稽で孤独で力強い拳の中で、実は一番困っていただろうパイのことを思った。そこで連帯した、人に知られないつながりのようなものを想った。そしたら、冷たい銀河のような淋しさに身をゆだねてもいいような、その結果淋しさが一掃されていくような気になって安心した。

ってゆーようなのはその夜だけで、大人にもほんとの子供にもなり切れないぐずぐずした僕は、洋子さんの心境に少しでも近づけるまでずっとお付き合いしていただきたいと、自分本位に思っているのでした。

（「ニコニコ堂」店主）

本書は二〇〇三年一一月、筑摩書房より刊行された。

土曜日は灰色の馬　恩田陸

顔は知らない、見たこともない。けれど、おはなしの神様はたしかにいる——。あらゆるエンタメを味わい尽くす、傑作エッセイを待望の文庫化！

この話、続けてもいいですか。　西加奈子

ミッキーこと西加奈子の目を通すと世界はワクワク、ドキドキ輝く。いろんな人、出来事、体験がてんこ盛りの豪華エッセイ集！　（中島たい子）

なんらかの事情　岸本佐知子

エッセイ？　妄想？　それとも短篇小説？　……モヤッとするのに心地よい！　翻訳家・岸本佐知子の頭の中を覗くような可笑しな世界へようこそ！

絶叫委員会　穂村弘

町には、偶然生まれては消えてゆく無数の詩が溢れている。不合理でナンセンスで真剣だからこそ可笑しい、天使的な言葉たちへの考察。　（南伸坊）

柴田元幸ベスト・エッセイ　柴田元幸編著

例文が異常に面白い辞書。名曲の斬新過ぎる解釈。そして工業地帯で育った日々の記憶。名翻訳家が自ら選んだ、文庫オリジナル決定版。

翻訳教室　鴻巣友季子

「翻訳をする」とは一体どういう事だろう？　第一線の翻訳家とその母校の生徒達によるとっておきの超・入門書。スタートを切りたい全ての人へ。

買えない味　平松洋子

一晩寝かしたお芋の煮っころがし、土瓶で淹れた番茶、風にあてた干し豚の滋味……日常の中にこそある、おいしさを綴ったエッセイ集。　（中島京子）

杏のふむふむ　杏

連続テレビ小説「ごちそうさん」で国民的な女優となった杏が、それまでの人生を、人との出会いをテーマに描いたエッセイ集。　（村上春樹）

たましいの場所　早川義夫

「恋をしていいのだ。今を歌っていくのだ」。心を揺るがす本質的な言葉。文庫用に最終章を追加。帯文＝宮藤官九郎　オマージュエッセイ＝七尾旅人

うれしい悲鳴をあげてくれ　いしわたり淳治

作詞家、音楽プロデューサーとして活躍する著者の小説＆エッセイ集。彼が「言葉」を紡ぐと誰もが楽しめる「物語」が生まれる。　（鈴木おさむ）

いっぴき　高橋久美子

初めてのエッセイ集に大幅な増補と書き下ろしを加え待望の文庫化。バンド脱退後、作家・作詞家として活躍する著者の魅力を凝縮した一冊。

家族最初の日　植本一子

二〇一〇年二月から二〇一一年四月にかけての生活の記録(家計簿つき)。デビュー作『働けＥＣＤ』を大幅に増補した完全版。

月刊佐藤純子　佐藤ジュンコ

注目のイラストレーター(元書店員)のマンガエッセイが大増量してまさかの文庫化！　仙台の街や友人との日常を描く独特のゆるふわ感はクセになる！

名短篇、ここにあり　北村薫　宮部みゆき編

読み巧者の二人の議論沸騰し、選びぬかれたお薦め小説12篇。となりの宇宙人／冷たい仕事／隠し芸の男／少女架刑／あしたの夕刊／網／誤訳ほか。

なんたってドーナツ　早川茉莉編

貧しかった時代の手作りおやつ、日曜学校で出合った素敵なお菓子、毎朝宿泊客にドーナツを配るホテル、哲学させる穴……。文庫オリジナル。

猫の文学館Ⅰ　和田博文編

寺田寅彦、内田百閒、太宰治、向田邦子……いつの時代も、作家たちは猫が大好きだった。猫の気まぐれに振り回されている猫好きに捧げる47篇‼

月の文学館　和田博文編

稲垣足穂のムーン・ライダース、中井英夫の月蝕領主の狂気、川上弘美が思い浮かべる「柔らかい月」……選りすぐり43篇の月の文学アンソロジー。

絶望図書館　頭木弘樹編

心から絶望したひとへ、絶望文学の名ソムリエが古今東西の小説、エッセイ、漫画等々からぴったりの作品を紹介。前代未聞の絶望図書館へようこそ！

小説の惑星 ノーザンブルーベリー篇　伊坂幸太郎編

小説って、超面白い。伊坂幸太郎が選び抜いた究極の短編アンソロジー、青いカバーのノーザンブルーベリー篇！　編者によるまえがき・あとがき収録。

小説の惑星 オーシャンラズベリー篇　伊坂幸太郎編

小説のドリームチーム、誕生。伊坂幸太郎選・至高の短編アンソロジー、赤いカバーのオーシャンラズベリー篇！　編者によるまえがき・あとがき収録。

品切れの際はご容赦ください

新版 思考の整理学　外山滋比古

「東大・京大で1番読まれた本」で知られる〈知のバイブル〉の増補改訂版。2009年の東京大学での講義を新収録し読みやすい活字になりました。

質問力　齋藤孝

コミュニケーション上達の秘訣は質問力にあり！これさえ磨けば、初対面の人からも深い話が引き出せる。話題の本の、待望の文庫化。（斎藤兆史）

整体入門　野口晴哉

日本の東洋医学を代表する著者による初心者向け野口整体のポイント。体の偏りを正す基本の「活元運動」から目的別の運動まで。（伊藤桂一）

命売ります　三島由紀夫

自殺に失敗し、「命売ります。お好きな目的にお使い下さい」という突飛な広告を出した男のもとに、現われたのは？（種村季弘）

こちらあみ子　今村夏子

あみ子の純粋な行動が周囲の人々を否応なく変えていく。第26回太宰治賞、第24回三島由紀夫賞受賞作。書き下ろし「チズさん」収録。（町田康／穂村弘）

ベルリンは晴れているか　深緑野分

終戦直後のベルリンで恩人の不審死を知ったアウグステは彼の甥に訃報を届けに陽気な泥棒と旅立つ。歴史ミステリの傑作が遂に文庫化！（酒寄進一）

向田邦子ベスト・エッセイ　向田邦子　向田和子編

いまも人々に読み継がれている向田邦子。その随筆の中から、家族、食、生き物、こだわりの品、旅、仕事、私……、といったテーマで選ぶ。（角田光代）

倚りかからず　茨木のり子

もはや／いかなる権威にも倚りかかりたくはない……話題の単行本に3篇の詩を加え、高瀬省三氏の絵を添えて贈る決定版詩集。（山根基世）

るきさん　高野文子

のんびりしていてマイペース、だけどどっかヘンテコな、るきさんの日常生活って？独特な色使いが光るオールカラー。ポケットに一冊どうぞ。

劇画 ヒットラー　水木しげる

ドイツ民衆を熱狂させた独裁者アドルフ・ヒットラーとはどんな人間だったのか。ヒットラー誕生からその死まで、骨太な筆致で描く伝記漫画。

ねにもつタイプ　岸本佐知子
何となく気になることにこだわる、ねにもつ。思索、奇想、妄想はばたく脳内ワールドをリズミカルな名短文でつづる。第23回講談社エッセイ賞受賞。

TOKYO STYLE　都築響一
小さい部屋が、わが宇宙。ごちゃごちゃと、しかし快適に暮らす、僕らの本当のトウキョウ・スタイルはこんなものだ！　話題の写真集文庫化！

自分の仕事をつくる　西村佳哲
仕事をすることは会社に勤めること、ではない。仕事を「自分の仕事」にできた人たちに学ぶ、働き方のデザインの仕方とは。（稲本喜則）

世界がわかる宗教社会学入門　橋爪大三郎
宗教なんてうさんくさい!?　でも宗教は文化や価値観の骨格であり、それゆえ紛争のタネにもなる。世界宗教のエッセンスがわかる充実の入門書。

ハーメルンの笛吹き男　阿部謹也
「笛吹き男」伝説の裏に隠された謎はなにか？　十三世紀ヨーロッパの小さな村で起きた事件を手がかりに中世における「差別」を解明。（石牟礼道子）

増補　日本語が亡びるとき　水村美苗
明治以来豊かな近代文学を生み出してきた日本語が、いま、大きな岐路に立っている。我々にとって言語とは何なのか。第8回小林秀雄賞受賞作に大幅増補。

子は親を救うために「心の病」になる　高橋和巳
子は親が好きだからこそ「心の病」になり、親を救おうとしている。精神科医である著者が説く、親子という「生きづらさ」の原点とその解決法。

クマにあったらどうするか　姉崎等　片山龍峯
「クマは師匠」と語り遺した狩人が、アイヌ民族の知恵と自身の経験から導き出した超実践クマ対処法。クマと人間の共存する形が見えてくる。（遠藤ケイ）

脳はなぜ「心」を作ったのか　前野隆司
「意識」とは何か。どこまでが「私」なのか。死んだら「心」はどうなるのか。——「意識」と「心」の謎に挑んだ話題の本の文庫化。（夢枕獏）

しかもフタが無い　ヨシタケシンスケ
「絵本の種」となるアイデアスケッチがそのまま本に。くすっと笑えて、なぜかほっとするイラスト集です。ヨシタケさんの「頭の中」に読者をご招待！

ちくま文庫

神《かみ》も仏《ほとけ》もありませぬ

二〇〇八年十一月十日　第一刷発行
二〇二四年十二月五日　第十五刷発行

著　者　佐野洋子（さの・ようこ）

発行者　増田健史

発行所　株式会社　筑摩書房
東京都台東区蔵前二―五―三　〒一一一―八七五五
電話番号　〇三―五六八七―二六〇一（代表）

装幀者　安野光雅

印刷所　信毎書籍印刷株式会社

製本所　株式会社積信堂

ISBN978-4-480-42493-8　C0195